신카이 마코토 감독 작품

날씨의아이

Weathering With You

미 술 화 집

목차

Art Works of
Weathering With You

※이 책에 게재된 미술 중, 다니구치 히로시 미술감독 및 작업한 스태프의 코멘트가 있는 경우, 코멘트 뒤 괄호 안에 스태프의 이름을 표기했습니다.

도쿄로

낙도에 사는 소년 호다카가 홀로 도시로 향하던 배 위에서 본 풍경들. 갑작스레 하늘 모습이 괴이해지자 선내 방송은 승객들을 실내로 들어오라 재촉한다. 그런 가운데 호다카는 호기심에 갑판으로 향한다. 발이 미끄러져 바다로 떨어지기 직전, 그의 손을 잡은 사람은 작은 편집 프로덕션을 경영하는 작가 스가였다. 얼마 후 스가와의 인연에 의지하며 호다카의 도쿄 일상이 시작된다. 배 위를 뒤덮는 비구름, 해 질 녘의 도쿄만, 불빛이 비치는 레인보우 브리지. 속속 변해가는 광경에 호다카의 두근거림과 불안이 드러나는 듯하다. 이야기의 무대는 여기서 번화가로 옮겨간다.

배의 갑판에서 보이는 풍경. 비가 격렬하게 쏟아지는 가운데 호다카가 달려 나가는 장면도 있다. "본편에서는 발밑에서 하늘로 단숨에 흘러가는 카메라워크로 처리되어 있습니다. 멋진 구름을 그리는 게 힘들었어요."(무로오카)

"타이틀이 나온 직후의 컷으로 인상에 남기 쉬운 장면이라 긴장했습니다."(무로오카)

"미술감독 보좌인 무로오카 씨의 역작입니다. 구름의 인상을 결정하는 중요한 첫 컷인데 바라던 대로 완성되었습니다."(다키구치)

"도쿄라는 토지 특유의 밀도감을 내느라 고생했죠."(왕) "저녁부터 밤에 걸쳐 가장 아름답게 보이는 시간대 '매직 아워'의 풍경입니다.
그리기 어려운 시간대입니다만 잘 담아내 주었다 싶습니다."(다키구치)

호다카가 섬으로부터 배 여행을 거쳐 도쿄에 도착하기 직전인 컷. 수면에 도쿄 거리의 불빛이 깃들어 있다. "호다카가 상상하던 도쿄의 모습을 보여주기 위해 실물보다 빛 부분을 과장했습니다. 아름다움을 부각시키는 테크니컬한 작업을 히구치 씨가 해줬습니다."(다키구치) "가장 고생한 컷이죠."(히구치)

호다카가 스가의 도움을 받은 갑판. 호우에서 맑은 날씨로 변하며 구름 사이로 몇 줄기의 빛이 쏟아진다.

호다카가 타고 온 배가 항구에 정박하고 있는 컷.
"매직 아워를 조금 지났을 즈음으로, 배에서의 빛 반사도 있어서 매우 빛 처리가 어려웠던 그림입니다.
배도 CG가 아니라 BG(미술) 그림입니다." (다키구치)

번화가

시끌벅적하고 잡다한 분위기가 감도는 신
주쿠의 번화가 가부키초. 호다카가 도쿄에
도착해 처음 거점으로 삼은 것은 이 장소였
다. 호다카의 위축된 심정과는 달리, 눈이
돌아갈 정도로 많은 간판과 번쩍번쩍 깜빡
이는 네온 불빛에 둘러싸인 가부키초는 수
많은 사람이 오간다. 호다카는 이 거리의
패스트푸드점에서 아르바이트 하는 히나
와 만나 새로운 일상에 발을 내딛는다. 이
장에서는 이 화려함 속에서도 어딘가 쓸쓸
함을 느끼게 하는 거리 풍경을 담고 있다.
호다카가 숙박했던 인터넷카페와 비에 젖
은 빌딩들, 역 등 빛과 그림자가 인상적인
미술 배경이 펼쳐진다.

신주쿠에 있는 가부키초 입구. 간판 한 장, 한 장 묘사에 심혈을 기울였음이 느껴지는 컷.
"가부키초 1번가의 간판이 눈을 잡아끌지만, 골목 안쪽도 치밀하게 그려줬죠. 자세히 보면 빗방울도 그려져 있습니다."(다키구치)

"비가 내리는 신주쿠입니다. 마른 도로보다 젖은 도로가 훨씬 정보량이 많다는 걸 깨달았습니다."(왕)
"문자를 그림의 세계에 집어넣는 일은 무척 어려웠고, 문자 정보도 많아 정말 힘들었던 컷입니다."(다키구치)

도쿄에 온 호다카가 처음 거점으로 삼았던 인터넷카페의 접수대.
"가게 안 장식은 만화 카페 맘보와 여러 인터넷카페를 참고하면서 작업했습니다."(왕)

좌우로 개인실이 늘어선 인터넷카페의 내부. 본편에서는 우산이 각 개인실 문에 걸려 있거나 바닥에 놓여있다.

비가 갠 아침의 신주쿠.
"이 작품은 비 오는 장면이 많아서 맑은 날의 색감을 어떻게 만들면 좋을지 많이 고민했고, 너저분하고 살짝 불결하기까지 한 느낌 속에서 산뜻함이 도드라지면 좋겠다, 하며 그렸습니다."(히로사와)

호다카가 있었던, 장대비가 쏟아지는 가부키초 장면.

"이 작품에서 제가 처음으로 작업한 배경입니다. 비 이미지를 표현하느라 고생했죠."(와타나베) "이 화집 210페이지의 『미술 배경 프리프로덕션』

파트에서도 말씀드렸습니다만 이 작품의 방향성을 여러모로 찾아낸 컷입니다. 정말 좋은 결과물이었습니다."(다키구치)

"10초 정도 이어지는 긴 컷입니다. 작업하면서 간판과 네온이 빛나는 방식을 관찰하기 위해 두 번 로케 차 신주쿠를 찾았습니다."(왕)
"왼쪽의 큰 간판은 우리가 그린 오리지널입니다. 신카이 감독이 '작품에 관한 이미지가 담기면 좋겠다'라고 요구해서 물과 연관된 디자인을 잡아 그리게 했습니다."(다키구치)

"신카이 감독의 작품에서 상징적인 '신주쿠'를 그려야 한다는 긴장감에, 제가 처음으로 건넨 컷이며 많은 광원,
비에 반사되는 표현까지 고민했던 터라 애착이 많이 가는 컷입니다."(무로오카)

"소소한 부분이지만, 자전거는 빗속에 한동안 방치된 느낌을 내려고 우산과 경고장 등을 배치하는 연구를 했죠." (히로사와)

"TOHO 시네마즈 극장 앞이죠. 밤비는 빛 반사가 매우 까다로운데 정말 광원을 잘 잡아냈습니다." (다키구치)

허나가 스카우트 권유를 받은 호텔 거리 일각

Art Works of Weathering With You

"형광등과 자판기의 밝기 차이, 지면의 어두움 등 전체적인 대비에 여러 장치를 넣었습니다."(오바라)

"본편에서는 호다카가 빌딩 입구에 우두커니 앉아 있는, 뭐라 표현할 바 없는 쓸쓸함이 드러나는 컷입니다. 호다카의 외로운 심정과는 대조적인 화려한 간판의 대비가 잘 드러났죠."(다키구치)

히나가 일하는 패스트푸드점 외관.

"퍼스가 너무 복잡해 어려웠던 컷인데 반면 그리는 게 즐거웠던 컷이기도 합니다. 아주 우아하게 완성되었습니다."(다키구치)

패스트푸드점 내부 모습. 히나와 호다카가 처음 만나는 장소이다.

"천장에서 떨어지는 빛이 많아 어려웠던 컷이죠. 창밖에서 들어오는 빛도 정성껏 그려, 실내의 따뜻한 색과 잘 섞여 기분 좋은 컷으로 완성되었습니다."(다키구치)

"실외의 차가운 색과 실내 빛의 대비, 지면의 빛 반사가 핵심이었는데 멋지게 완성되었습니다."(다키구치)

"젖은 지면의 정보량을 신경 쓰면서 그렸습니다."(왕)

[왼쪽 위] "러브호텔 거리인데도 일반 가옥도 있었지만 잘 정리되었습니다. 베란다에서 드러나는 생활감도 좋지요."(다키구치)

[오른쪽 위] "지면이 메인이 되는 컷이라 빛 반사를 최대한 세세하게 그리도록 했습니다."(다키구치)

[왼쪽 아래] "스카우트에게서 도주할 때의 컷입니다. 미묘하게 언덕길의 느낌을 내는 게 어려웠습니다."(다키구치)

[오른쪽 아래] "제작 초기에 그려 시행착오를 했죠. 지면에 비치는 모습 등에 고민이 많았습니다."(오바라)

버려진 빌딩

이야기의 중요한 무대가 되는 버려진 빌딩. 외관은 오랫동안 비바람에 시달려 녹슬고, 간판 글자도 빛바래 있다. 실내는 과거 화려했던 흔적이 남아 있으나, 바닥 곳곳이 내려앉고 비가 새서 생긴 웅덩이가 있으며 인기척은 없다. 특징적인 점은 옥상에 있는 작은 신사와 독특한 모양의 도리이. 이곳에는 많은 컷으로 빛이 쏟아져 지상의 복잡한 거리와는 다른 공기를 느끼도록 한다. 이 작품의 첫 부분부터 클라이맥스까지 수없이 등장하는, 이야기의 열쇠가 되는 이 건물은 호다카와 히나에게 무척이나 중요한 장소이다.

지상에서 버려진 건물을 올려다본 컷. 오랜 세월을 보낸 건물인지라 비바람에 시달려 여기저기 낡아 있다.
"본편에서 처음 버려진 빌딩이 등장하는 컷이어서 버려진 빌딩의 폐허 느낌과 어디까지 무너진 것처럼 보이게 할 것인지를 결정하는 게 어려웠습니다."(다키구치)

"설정에서는 벽에 파란 시트만 걸려 있었습니다. 감독님의 점검을 받을 때 그게 너무 눈에 도드라질지 모르니 위에 방음 시트를 추가해달라는 요구를 받았습니다."(도모자와)

버려진 빌딩 안에서의 한 컷. 세입자가 있어서 번영했던 시절의 면면이 남아 있다.

"황폐해진 실내에 여러 색깔의 조명을 달아 색의 균형을 깸으로써 등장 캐릭터의 불안정한 심리를 표현했습니다." (다키구치)

[왼쪽 위/오른쪽 위/왼쪽 아래] 호다카와 히나가 말싸움을 하는 실내 장면. 곳곳의 기둥은 무너져 있고 세입자가 두고 간 물건과 너덜너덜해진 종이상자가 남아 있다.

[오른쪽 아래] "물웅덩이에 바깥 창문의 불빛이 반사된 모습을 어떻게 하면 아름답게 그릴지가 정말 중요했던 컷입니다. 지면이 낀 이끼는 건물이 버틴 세월을 알려줍니다." (다키구치)

버려진 빌딩의 옥상. 하나의 기도가 닿아 구름 사이로 푸른 하늘이 드러나는 인상적인 컷.
"구름이 열리는 방식에 관해 수없이 논의했죠. 신카이 감독과 같이 가장 조정을 많이 한 컷입니다."(다키구치)

본편으로부터 몇 년 후의 버려진 빌딩 옥상. 자세히 보면 풀꽃이 자라고 울타리가 전보다 더 녹슬어 있는 것이 보인다.
"타이틀 백으로 쓰인다는 말을 듣고 긴장하며 그렸습니다."(도모자와)

"옥상의 도리이와 신사가 처음 등장하는 컷입니다. 일부러 상당히 강한 터치감을 드러냈습니다. 계단에서 일직선으로 이어진 도선은
참배 길을 떠올리게 해, 일상과는 동떨어진 세계라는 느낌이 나지 않았나 합니다."(다키구치)

독특한 형태의 도리이와 작은 신사. 바로 앞에 있는 풀의 이슬마저 정교하게 표현되어 있다.

"도리이는 설정 단계에서 몇 번이나 디자인을 고쳐 이 형태로 매듭지었습니다. 덧붙여 옥상에 놓인 신사라면 지상과 연결되어 있지 않으면 안 될 듯해서, 흙을 채운 든 파이프가 지상에서 신사 근처까지 연결되어 있습니다."(다키구치)

꿈속의 버려진 빌딩 옥상. 하늘에서 빛이 쏟아져 환상적인 공기를 자아낸다.

〔왼쪽 위〕 위층은 바닥과 천장이 무너져 구멍이 뚫려 있다.

〔오른쪽 위〕 옛 세입자의 메뉴가 기둥에 붙어 있다.

〔왼쪽 아래〕 스가와 호다카가 대치하는 장면. 천장 구멍에서 스포트라이트처럼 빛이 내리비치는 모습이 인상적인 컷

〔오른쪽 아래〕 잠복하던 스가가 호다카와 맞닥뜨리는 버려진 빌딩 내부 통로.

녹슨 계단을 부감으로 잡은, 인상적인 레이아웃.
"계단의 모양이 특징적이라 설정을 만드는 데 애를 먹었습니다."(다키구치)

버려진 빌딩의 비상계단. 군데군데 부식되어 있으며 무너져 내린 곳도. 호다카가 뛰어내린 층계참 부근이 특히 심하게 부식되어 있는 것을 볼 수 있다. 창문 유리도 깨져 스산한 분위기가 느껴진다.

지상에서 올려다본 버려진 빌딩의 옥상과 하늘. 다가오는 두꺼운 비구름이 이후의 전개를 예감하게 한다.

40페이지의 컷보다 더 옥상에 초점을 맞춘 컷. 붕괴한 빌딩과 선명한 하늘에 드러난 도리이의 대비가 눈길을 끈다.

추격자를 뿌리친 호다카가 도리이로 달려드는 장면. 옥상도 부식해 양면 바로 앞에 커다란 구멍이 뚫려 있다.

"선로를 달려 드디어 도착한 호다카의 시선에서 바라본 버려진 빌딩입니다. 뒤에 있는 적란운은 이제부터 히나가 있는 곳으로 가리라 예상하게 하는 암시가 담겨 있습니다. 빠듯한 일정 가운데 정말 좋은 그림을 얻었습니다."(다키구치)

맑은 도쿄

히나의 기도로 잠시 따사로운 햇살이 쏟아지는 도쿄. 비 장면이 많은 이 작품에서 이따금 얼굴을 내미는 태양이 사람들의 흐린 표정을 미소로 바꾼다. '맑음'이라는 단어는 하나지만, 이 작품에서의 묘사는 다채롭다. 구름 사이로 태양이 살짝 얼굴을 내미는 맑음도 있는가 하면, 눈을 살짝 감아야 할 정도로 눈부신 맑음도 있고, 석양의 오렌지 빛으로 물든 맑음도 있다. 이 작품의 미술 배경은 섬세한 빛의 변화, 빌딩과 물웅덩이에 반사되는 모습 등 익숙한 도쿄 거리가 기적처럼 보이는 순간을 이 작품의 미술배경은 정성껏 다루고 있다.

히나가 기도하여 하늘을 맑게 하는 '날씨 비즈니스', 그 첫 일의 무대가 된 플리마켓 회장.
"처음으로 완전히 맑은 날을 그린, 비가 개는 장면입니다. 어떻게 보여줘야 할까 고민했지만 넓은 하늘을 표현하길 잘했다고 생각합니다."(다키구치)

버려진 빌딩을 하늘에서의 시점으로 잡은 컷. 호다카 옆에서 히나가 처음으로 맑음 소녀의 힘을 사용한 인상적인 장면.
옥상 묘사가 치밀해. 화면 중앙의 버려진 빌딩에는 무성한 녹음과 각 빌딩의 공조 · 전기설비, 급수 탱크 등이 그려져 있다.

하늘에서 본 도쿄의 풍경. 세밀한 빌딩군, 가이엔 앞의 숲 등도 충실하게 묘사되어 있다.
"부감 컷이라 묘화 크기가 어마어마했다는 점에서 여러모로 매우 힘들었던 컷입니다."(다키구치)

46페이지의 컷과 같은 구도이지만 빛이 부드럽게 쏟아지고 있다. 히나의 힘으로 맑은 공간이 넓어지는 장면.

병실에서 버려진 빌딩을 발견하는 히나의 시점. 캄캄한 도쿄에 새어드는 한 줄기 빛이 이야기의 시작을 예감하게 한다.

"눅눅한 공기와 건물 세부 묘사에 매달렸죠. 이번 작품에서 담당한 배경 중 가장 마음에 드는 컷입니다." (와타나베)

히나는 병원을 나와 빛이 비쳐드는 곳에 있는 버려진 빌딩으로 향한다. 전면 유리인 빌딩에 건너편 빌딩이 비치고 있다.
세밀하고 정성스러운 묘사가 현장감을 끌어낸다.

롯폰기 주변의 빌딩군.

"대규모의 불꽃 축제를 맑은 날로 만드는 것은, 히나에게도 최고의 무대이니 회색이 아닌 청색 계열을 많이 사용해
선명한 비 장면을 만들었습니다."(왕)

"그림 콘티 단계에서 박력을 느꼈던 장면이라 대비 색을 최대한 사용해 맑은 순간의 박력을 최대한 끌어내려 했습니다."(왕)

"태양이 쏟아지고 맑아지는 상쾌한 장면이라 최대한 강한 색을 사용해 어두웠던 그림(52페이지)과 차이를 냈습니다." (왕)

"처음에는 이 작품의 작풍을 몰라 지금까지의 작품처럼 상당히 밝게 그렸다가 다키구치 씨의 지시를 받고 어두운 느낌으로 했습니다. 완성된 컷은 보다 극적으로 완성되었구나 싶었죠."(마지마)

[완성화면]

"신카이 감독님에게 '맑은 순간의 아주 인상적인 컷이 될 거야'라는 칭찬을 받았습니다. '이 컷이 히나의 힘을 느끼게 하는 대표적인 장면이 될 거야'라는 소리도 들었고요."(다키구치)

[완성화면]

오다이바의 관람차 안. 『너의 이름은.』에 등장한 둘이 맑은 거리를 내려다보는 컷.
"흐린 장면의 회색 계열과 시각적으로 차이를 내기 위해, 비가 개어 맑아진 선명한 풍경을 의식하며 작업했습니다."(왕)

날씨 비즈니스 의뢰를 받고 호다카와 히나 일행이 찾은 오다이바의 플리마켓 회장, 그리고 가장 가까운 역.
선명하고 화창한 푸른 하늘이 날씨 비즈니스의 성공을 축복하는 듯하다.

불꽃 축제를 맑은 날씨로 치르기 위해 히나가 기도를 올리는 장면. 다이내믹한 풍경 묘사와 석양의 눈부신 빛이 융합한 본편은
인상적이고 아름답다.

[완성화면]

히나의 기도로 맑아지기 시작하는 하늘. 선명한 석양이 구름과 거리를 비추고 있다.
"본편에서는 '태양이 차츰 보이기 시작하는' 연출인데 그때의 구름 표정을 그리는 게 정말 어려운 컷이었습니다."(다키구치)

[완성화면]

"이 그림의 불꽃놀이는 미술 배경 쪽에서 더미로 그렸습니다. 본편에서는 디지털로 표현했는데 촬영 스태프를 비롯해
CG와 VFX 스태프의 힘으로 예상을 뛰어넘는 아름다운 상면으로 완성되었습니다."(다키구치)

[완성화면]

"빌딩이 많아 창문을 그리는 게 보통 일이 아니었을 겁니다. 이런 묘사는 생략할 때가 많음에도 정말 정성껏 그려줬습니다. 중앙에 보이는 신국립경기장은 조명을 어떻게 쓸지 아직 모를 때라 상황에 맞춰 상상하여 그렸습니다." (다키구치)

하늘 위에서 부감한 도시 구획도. 3D CG로 카메라 움직임을 잡기 위해 부채꼴 모양으로 그렸다.

〔왼쪽〕"순간적으로 흘러가는 컷인데도 디테일을 빠뜨리지 않고 제대로 그려줬습니다."(다키구치)

〔오른쪽〕"도내의 눈에 띄는 빌딩을 중점으로 그렸습니다. 나오는 시간이 길어서 더 치밀하게 그렸습니다."(오바라)

히나가 자취를 감춘 후의 도쿄 스크램블 교차로. 간판의 빛 반사 등 강한 햇살이 강조되고 있다.
"히나가 사라진 후의 거리는 호다카의 허무감을 드러내기 위해 일부러 하얗게 색이 사라진 느낌을 줬습니다."(다키구치)

오랜만의 맑은 날씨에 기뻐하는 아이들이 물놀이를 하는 장소.
"64페이지의 컷과 마찬가지로 건물 등을 하얗게 보이도록 해, 호다카의 공허한 마음을 드러냈다 생각합니다."(다키구치)

도주하는 나츠미와 호다카가 2인승 커브를 타고 층계참에서 점프해 뛰어내리는 컷에서 사용되었다.
액션 장면에서는 주목 받기 어려운 미술 배경이지만, 세부 묘사에 공을 들인 점이 감탄을 자아낸다.

이것도 66페이지와 마찬가지로, 뒷골목을 나츠미와 호다카가 2인승 커브로 전력 질주한다.
'교통사고 주의 구간, 감속!'이라는 표어가 대비된다.

호다카가 경찰서에서 뛰어나와 도망가는 도중, 나츠미가 커브로 쫓아온 장소.
"카메라의 망원 느낌이 아주 훌륭한 컷입니다. 개인적으로 이렇게 망원으로 원근감이 무너진 그림을 아주 좋아합니다." (다키구치)

[위] 호다카가 경찰서에서 도망치는 장면에 사용된 컷

[아래] 오랜만에 찾아온 맑은 날씨에 놀란 주민이 하늘을 보기 위해 차례차례 베란다로 나온다.

JR선이 지나가는 신주쿠역 옆 고가선. 전선 뒤로는 신주쿠역 동쪽 출입구 풍경이 펼쳐져 있다.

선로를 달려 목적지로 향하는 호다카. 깊은 그림자를 떨어뜨리는 역의 플랫폼과 빛이 스며든 근경·원경의 대비가 인상적인 컷.
선로에 반사되는 빛 묘사에서 리얼한 질감이 느껴진다.

수몰된 선로.
"호다카가 달려가는 장면인데 빛과 어둠의 균형이 훌륭해 감정이 실리는 배경이 되었습니다.
멀리 보이는 물웅덩이도 자연스럽게 표현되었죠."(다키구치)

화면 오른쪽 깊숙이에 버려진 빌딩이 보인다. 그리고 그 뒤로는 '적란운'이 솟구치고 있다.
호다카의 목적지가 점점 가까워진다.

비 오는 도쿄

호다카가 상경한 뒤로도 끊임없이 비가 내
리는 도쿄. 격렬하게 쏟아지는 비로 도쿄
의 빌딩들은 안개에 뒤덮여 있다. 비만 내
리는 도쿄에서 사람들은 저마다의 이유로
맑은 날을 바라고, 호다카와 '맑음 소녀' 히
나가 그 소원을 이루어 주면서 스토리가
흘러간다.
이 작품의 큰 특징인 비에 뒤덮인 회색 거
리, 그 미술 배경을 이번 장에 담았다. 안개
로 인한 빛의 난반사와 젖은 노면에 비치
는 사물의 그림자 등 수많은 치밀한 묘사
가 생동감을 자아내고 있다. 어두컴컴한
거리와는 대조적인 밝은 실내 컷도 수록
했다. 그런 장면들이 어떻게 그려졌는지에
주목하길 바란다.

도쿄의 빌딩가. 밤의 원경. 피어오르는 안개 속에서 빛나는 불빛에 비가 가세해 환상적으로 보인다.

본편 첫 번째 컷인 병원 창문으로 보이는 거리.
"묘사 크기가 크고 시간도 없는 가운데 벌어진 작업이었지만 이 컷을 본 순간 기대감과 함께 영화의 주제와 미술의 방향성을
느낄 수 있는 장면으로 만들고 싶어 주력했습니다."(다키구치)

[위] 본편에서는 물 덩어리 같은 게 안쪽 빌딩을 뒤덮고 있다. 앞쪽 화분만이 희미하게나마 색을 품고 있는 듯하다.

[아래] '날씨 비즈니스' 장면으로, 사탕을 머금는 히나의 배경으로 사용되었다. 하늘을 가로막은 듯한 구름의 무게가 잘 표현되었다.

"도(都) 버스도 미술로 그린 것인데, 버스의 질감을 설득력 있게 그려내어 신카이 감독 작품답다는 생각이 들지요.
망원이라 어려웠던 컷인데, 치밀한 작업이었음이 전해지는 컷으로 완성되었습니다."(다키구치)

〔왼쪽 위〕 닛포리역 육교. 본편에서는 전깃줄에 달린 빗방울 등 화면의 사소한 움직임이 더해졌다.

〔오른쪽 위〕 비로 흐릿해진 스카이트리와 종회무진 달리는 전깃줄이 인상적인 컷

〔왼쪽 아래〕 히나의 동생 나기의 여자 친구 아야네가 내리고, 가나가 타는 버스정류장.

〔오른쪽 아래〕 창밖 풍경도 미술로 그려냈지만 부득이 싣지 못했다.

"차와 사람이 수없이 오가므로 근경, 중경, 원경을 나눠 그리느라 고생했습니다. 건물도 자연물도 함께 그려낼 수 있는 컷이라 즐겁게 그렸습니다."(도모자와)

"비가 내린 낮을 그린 건 이 컷이 처음이라 시행착오가 많았습니다. 지면의 반사 정도와 안쪽, 앞쪽의 맛 차이를 고려하며 그렸습니다."(도모자와)

가부키초 부근에서 니시신주쿠의 고층 빌딩을 바라보는 컷.
"처음 완성된 그림은 전체적으로 어두웠습니다. 그런데 리테이크 지시를 받아 앞쪽은 어둡게, 안쪽은 밝게 해 원근감이 드러나는
한 장이 되었습니다."(히로사와)

"본편에서는 열차가 지나가는데, 전차의 창문에 비치는 소재도 그려져 있습니다. '아니, 그런 부분까지!'라는 생각이 들 만큼
세밀한 연출이 작품의 밀도를 높였다 생각합니다." (히로사와)

"지면에 비치는 모습은 별도의 레이어로 되어 있으며, 촬영할 때 셀을 합칩니다. 뒤쪽 인도에는 걸어가는 사람, 차도에는 차가
지나가야 해서 그 부분도 BOOK으로 분리되어 있었습니다. 이번 작품은 지금까지보다 훨씬 BOOK 분리가 많았던 것 같습니다.
귀여운 벽화는 그리면서 즐거웠습니다."(히로사와)

히나를 억지로 스카우트했던 남자를 다카이, 야스이 형사가 협력해 추격하는 장면.
〔왼쪽 위/왼쪽 아래/오른쪽 아래〕 "참고할 사진이 많아 그리면서 고민이 적고, 페이스도 빨라져 '그려낼 수 있겠다'라고 생각하며
작업했던 컷입니다. 물론 그 후 다시 이리저리 고생했지만……(웃음)."(히로사와)

고층 맨션의 원경.

"집마다 미묘하게 조명 색깔이 다릅니다. 집에 따라 간접 조명인경우도 있고, 형광등인 경우도 있도록 공을 들였습니다.

낮 장면 중에는 가장 어두운 배경입니다."(다키구치)

고층 맨션의 근경. 각 집의 구조는 같으나 인테리어나 관상식물을 다르게 배치하여 다양한 사람들이 살고 있다는 현실감을 표현하고 있다.

호다카가 히나의 아파트로 향하는 중간 컷. 비구름 사이로 '천사의 사다리'라고 불리는 아름다운 햇살이 그려져 있다.

88페이지와 같은 장소의 밤 컷. 비에 젖은 아스팔트에 초록색 가로등 빛이 요염하게 비친다.

이 역시 89페이지와 같은 장소의 다른 컷. 도로 옆 펜스 너머로 역사의 불빛이 보인다.

히나의 아파트로 향하는 언덕길. 젖은 도로에 반사된 빛이 물들어 있다. 언덕의 바닥 문양이 바뀌는 부분의 단차 등 세부까지 애쓴 노력이 엿보인다.

JR의 자동 개찰구를 정밀하게 묘사한 컷.
"공기감의 표현, 분위기가 아주 잘 나왔습니다."(후지이)

전차가 운행을 중지해 호다카와 히나 일행은 역에 내린다. 전차 창에 붙은 물방울의 양으로 비의 강도를 표현했다.
"전차 안 광고는 오리지널로 만들어 내느라 고민 좀 했습니다. 의외로 어렵더군요."(다키구치)

"제가 처음 참여한 그림으로, 무기질의 건물 구조와 비에 젖은 플랫폼 등 꽤나 힘든 컷이었습니다. 비의 공기감을 잡느라 고생하다 다키구치 씨에게 조언을 구한 후에야 그려냈죠."(후지이)

"플랫폼에 고인 비를 그리면서 젖은 정도와 반사에 대해 고민했던 컷입니다. 플랫폼이 비치는 다른 컷이 OK를 받았던 터라 그걸 기준으로 분위기를 맞췄습니다." (후지이)

플랫폼 상부 지붕과 전깃줄에 빗방울이 매달려 있다.

"미술 부분만 등장하는 장면인데 구조물이 중심이라 어쩌면 좋나…… 했죠. 조명을 받은 신호가 제대로 나와서 안심했습니다."(후지이)

다카이 형사와 야스이 형사가 소바집에서 식사하는 컷.
"가능한 한 단조롭게 보이지 않도록 다양한 색을 쓰려 노력했습니다." (고바야시)

스가가 장모와 만나는 카페 구석. 높은 천장과 바깥 풍경을 그려 넣어 넓은 공간의 개방된 느낌을 표현했다.

98페이지와 같은 장소. 소파의 세밀한 질감까지 정성껏 그려 넣었다.

결혼식장 대기실.

"아주 짧은 컷이라 너무 어수선해 보이지 않도록 했습니다. 실내지만 긴 비로 축축해진 분위기를 의식했습니다." (다키노)

호다카가 히나에게 줄 선물을 산 액세서리 가게. 가게 안 장식부터 액세서리에 이르기까지 밀도 높은 묘사가 눈길을 끈다.

나츠미와 호다카가 취재차 방문했던 점집.
"너무 요란하지 않도록, 하지만 카오스의 분위기를 내면 좋겠다 싶어서. 설정을 참고로 다양한 용품을 조사해가며 그렸습니다.
덕분에 제 컴퓨터 광고란이 이상한 것들로만 채워진 추억이 있네요(웃음)." (무로오카)

스가가 만취했던 단란주점 내부.
"처음에는 풍선이 없었는데 신주쿠다운 화려함이 필요하겠다 싶어 추가하게 했습니다."(다키구치)

"이 작품의 기상 감수를 맡아주신 기상학자 아라키(겐타로) 씨의 연구실을 참고하여 오리지널 제작했습니다."(다키구치)

"이것도 104페이지와 마찬가지로 아라키 씨 연구실을 참고로 한 컷입니다. 실제 실내보다 애니메이션답게 좀 더 잡다한 것들을 늘어놓도록 했죠. 왼쪽 위 가운데 붙여놓은 서류는 아라키 씨가 설명 차 그린 것을 이용했습니다."(다키구치)

스가의 사무소

주택가 한 구석에 있는 작은 편집 프로덕션 '유한회사 K&A 플래닝'. 대표인 스가의 사무소 겸 주거 공간이다. 거기서 일하는 나츠미의 아지트이기도 하다. 호다카는 여기에서 더부살이하며 스가의 조수로 일하기 시작하는데, 그 일을 계기로 운명이 크게 바뀐다. 사무소 건물은 예전에 스낵 바로 쓰였던 곳을 그냥 이용하는 물건으로, 그들이 일상적으로 사용하는 잡지나 종이다발, 식기 등이 여기저기 흩어져 있어서 생활감을 느끼게 한다. 지저분해 보이지만 어딘가 따뜻한 느낌을 주는 공간이, 거기에 사는 캐릭터들의 치밀한 설정과 거듭되는 세부 묘사로 표현되고 있다.

"이 컷 직전에 선배인 도모자와 씨가 호다카가 언덕을 올라오는 컷을 그린 터라, 그 정도 퀄리티를 내기 위해 집중하며 그렸습니다. '스가의 사무소가 나오는 컷은 녹색을 많이 사용하고 싶다'라는 다키구치 씨의 지시가 있어서 초록의 반사 빛을 과장해 넣은 부분이 있습니다."(히구치)

"본편에서 처음으로 스가의 사무소가 나오는 컷이라 압박감을 느끼며 그렸습니다. 호다카는 밝은 마음으로 사무소를 찾은 것이니까 '비는 내리지만 밝은 그림이었으면 좋겠다'라는 말에 화면 전체의 밝기 조정에 애를 먹었습니다." (히구치)

"K&A 플래닝이라는 간판의 질감을 제대로 그리고 싶어서 실물을 원래 크기로 제작했습니다. 스가의 성격도 알 수 있는 장면이 되도록 하고 싶어서, 돌보지 않은 식물이나 챙기지 않은 우편물, 간판 아래 재떨이 대용품이 된 빈 깡통도 배치했습니다." (다키구치)

"앞의 비어 있는 곳은 바이크를 주차하는 공간으로, 신카이 감독님의 아이디어에 따라 잡다한 분위기를 내기 위해 실외기와
전선을 나중에 추가했습니다."(다키구치)

블라인드 틈으로 빛이 삐져나와 사무소 안이 들여다보인다.
"캐릭터가 서 있는 위치 등을 정확하게 맞추기 위해 실내도 다 그려 넣었습니다. 여러 번 등장하는 인상적인 장소입니다."(다키구치)

"계단 아래에서 올려 보니 잎사귀 뒷면이 보이는 상황은 의외로 그리기 어려워 다키구치 씨에게 울며 매달렸던 기억이 납니다.
맥주병이 잡스럽게 상자에 담겨 있는 것도 묘사하느라 고생했습니다."(히구치)

〔왼쪽 위〕 "식물을 여러 장 다시 그린 기억이 납니다. 결과적으로 바로 앞의 간판과 난간에 가려지게 되었는데 타협하지 않고 그려냈습니다." (히구치)

〔오른쪽 위〕 침수된 스가의 사무소 현관.

〔왼쪽 아래〕 "금속과 플라스틱, 식물 등 다양한 질감의 물체가 드러나는 컷이라 이 점을 의식하며 구분되도록 그리는 게 즐거웠습니다." (히구치)

〔오른쪽 아래〕 "일상을 자연스럽게 표현해야 하는 컷이라 전체적인 느낌과 볼거리를 만들어내는 게 무척이나 어려웠습니다." (오바라)

"사무소로 쓰이는 장소와 바 그리고 생활감 있는 장소라는 양극단의 이질감, 흥미로운 공간 분위기를 내기 위해 노력하며
그렸습니다."(와타나베)

"사무소 안의 응접 공간입니다. 유리문이 달린 공간은 카메라 전용 케이스입니다. 위에는 카메라 잡지가 놓여 있고 아래 있는 것은 나츠미의 패션잡지입니다."(다키구치)

"작은 물건의 양이 압도적으로 많아, 다른 컷과 맞출 때 자연스러워 보이게 신경 썼습니다."(오바라)

"생활감이 있어서 물건이 넘치는 듯 보이게 하고 싶다는 지시가 있어서 많은 시간이 걸렸습니다. 그와 동시에 작은 물건을 그리는 걸 좋아하는 터라 아주 즐겁게 작업했습니다."(와타나베)

"'이 컷을 기본으로 앞으로 스가 사무소의 분위기와 세부 묘사를 결정하고 싶다'라는 주문이 있어서 상당히 힘을 기울였던 기억이 있습니다."(와타나베)

"냉장고의 디테일은 신카이 감독님 댁 냉장고를 참고했습니다. 또 왼쪽 소파 안쪽에 있는 물건은 재난 방지 용품으로 이것들은 제 집에 있는 것을 참고로 했습니다. 스가의 딸 모카의 키가 닿은 데까지는 스티커가 붙어 있습니다."(다키구치)

[왼쪽 위] "스가의 사무소는 일단 정보량이 많아서 반쯤 울면서 그렸습니다. 참고할 컷은 많았기 때문에 그릴 때는 그만큼 고민하지 않고 그릴 수 있었죠."(허구치)

[오른쪽 위] "기둥에 새겨진 스가의 딸 모카의 키 표시는 이 컷에서는 도드라지지 않도록 했습니다."(무로오카)

[왼쪽 아래] "카운터 위의 술병은 스가가 낙도에 들렀다면 현지 술을 사왔을 거란 생각에 늘어놓았습니다."(무로오카)

[오른쪽 아래] "스가의 사무소는 어디로 눈길을 돌려도 물건이 많아 전체적으로 힘든 장소인데 모두의 힘으로 좋은 장면이 만들어 졌습니다."(와타나베)

"병의 브랜드는 산토리에서 나온 술과 오리지널을 섞었습니다.(본편에서는 호다카에게 가려져 보이지 않으나 호다카와 어울리는
'낙도'라거나, 아래 단 오른쪽에서 두 번째 칸에는 '별의 목소리'가……)"(무로오카)

스가 사무소의 바 카운터를 정면에서 바라본 컷. 어두운 색과 빛으로 차분한 어른들의 공간 같은 분위기.
"둘이 나란히 앉아 한잔 하는 분위기 있는 공간인데 그런 분위기가 느껴지게 완성되어 다행이었습니다." (다키구치)

히나의 아파트

아먀노테선, 게이힌도호쿠선 선로가 내려
다보이는 고지대의 오래된 아파트. 히나와
동생 나기가 둘이 조용히 살고 있다. 식물
넝쿨에 뒤덮인 외관, 잡다한 입구까지의 좁
은 길과는 대조적으로 실내에는 화려한 노
란 커튼과 형형색색의 선 캐처가 걸려 있
어 사랑스러운 분위기가 넘친다. 히나의 취
미인 수예와 요리 도구가 빼곡하게 놓여 있
는 모습에서는 그녀의 평소 생활을 잘 알게
된다. 호다카가 이 방을 방문함으로써 히나
와의 거리가 좁혀지고 나기와도 만남까지
거쳐 셋이 '날씨 비즈니스'를 시작하게 된
다. 날아오는 수많은 의뢰에 응하면서 이야
기는 섬차 가속된다.

"본편에서는 한 컷밖에 안 나오는 히나의 아파트 외관입니다. 한번 보면 잊을 수 없을 정도로 인상적인 장면이 되도록 주의를 기울였습니다."(와타나베)

"지붕에 수풀이 무성한 모습은 초기 신카이 감독님의 이미지 설정에서 가져왔습니다. 거실의 둥근 창 등도 애니메이션다운 재미를 담은 컷으로, 신주쿠처럼 현실적인 장소와의 대비를 노렸습니다."(다키구치)

"히나의 집으로 향하는 뒷골목입니다. 신카이 감독님으로부터 '길이 좁아 보였으면 좋겠다'라는 주문이 있어서 이 점을 의식하며
그렸습니다. 또 개인적으로 오래된 좁은 뒷골목에 담긴 특별한 느낌을 좋아해, 즐겁게 그렸습니다." (와타나베)

122페이지의 밤의 컷.

"캐릭터가 움직이는 세계를 만들어내는 걸 좋아해서, 그곳에 실제하는 호다카 일행이 어떻게 느낄지를 생각하며 밀도 높은 일러스트로 완성했습니다."(와타나베)

히나의 집 현관 부근.
"오랜 건물의 세월 표현법과 인상적인 야자나무, 덩굴까지 잡다한 느낌이 마음에 듭니다."(와타나베)

히나가 서는 부엌은 창문으로 밝은 빛이 들어오는 구도이다.
"레이스 커튼이 예쁘게 보이도록 실내가 너무 어둡지 않도록 연구했습니다."(오바라)

히나의 집 거실. 재봉틀과 선풍기 등 소품들을 정성껏 그려 넣었다.
"전등 빛에 반사하는 다다미의 눈금을 열심히 그렸습니다."(구와바라)

〔왼쪽 위〕"작은 물건 등 중고생 여자아이 방의 분위기가 나도록 신경 썼습니다."(오바라)

〔오른쪽 위〕"창밖의 밝은 빛이 깡통 등에 닿아 전체적으로 부드러운 인상이 만들어진 듯합니다."(구와바라)

〔왼쪽 아래〕"부엌 빛의 화사한 인상이 나오도록 했습니다."(오바라)

〔오른쪽 아래〕"왼쪽 선반은 이 컷에서 처음 그린 거라 어떤 물건을 놔둘지 고민했습니다."(고바야시)

"아마노 집안이 오랫동안 살아온 집이므로 배치한 소품은 아이들의 성장 과정과 돌아가신 어머니의 잔향 등을 의식했습니다." (다키노)

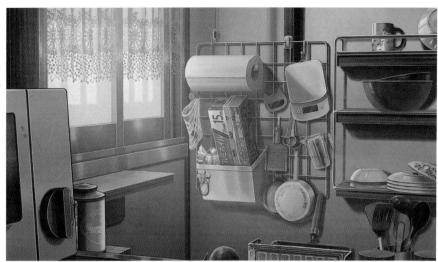

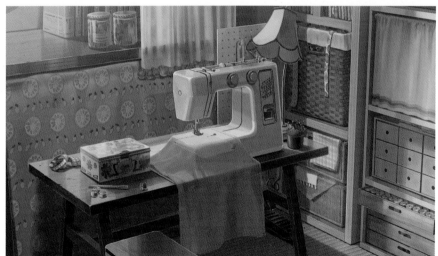

[왼쪽 위] "미술이 중심인 컷이라 이 방에 와보고 싶다는 마음이 드는 그림이 되도록 노력했습니다."(오바라)

[오른쪽 위] "격자망에 걸어놓은 부엌 소품을 잘 그리려고 열심히 매달렸죠."(구와바라)

[왼쪽 아래] "VFX로 들어오는 선 캐처의 빛이 잘 드러나도록 방 안쪽을 조정했습니다."(오바라)

[오른쪽 아래] "사용하고 있던 재봉틀과 조금 어질러진 듯 보이도록 소품을 배치했습니다. 노란 옷감이 아름답게 보이게 연구했고요."(오바라)

허나의 집이 고지대에 있음을 알 수 있다.

"실제 로케이션에는 없는 가공의 풍경이라 설정 단계에서 고생했습니다. 전차가 어떻게 달릴지 여러모로 고민하면서 만든 기억이 있습니다."(다키구치)

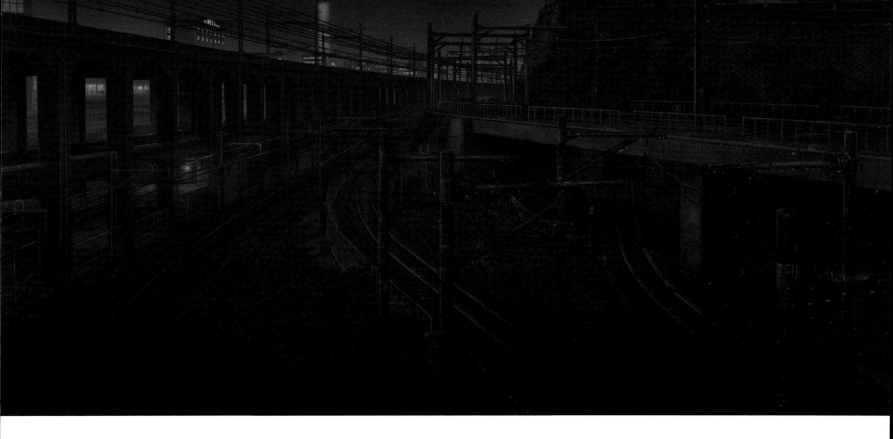

130페이지의 밤 장면. 지상 가까이 내려앉은 하늘이 빌딩과 집들의 불빛으로 조금씩 밝아져 있다. 화면 안쪽 광원의 희미한 빛이 밤하늘을 밝혀, 어둠에도 명암을 주었다.

서민 마을의 민가

도쿄의 한구석에 있는 서민 마을의 민가.
여기서 호다카와 히나가 '날씨 비즈니스'를
통해 "오봉을 맑은 날씨로 만들고 싶다"라
고 비는 부인과 만난다. 쇼와 분위기가 물
씬 풍기는 목조 기와지붕의 단독 주택, 마
당에는 선명한 녹음이 우거져 생명력을 느
끼게 한다. 햇살이 들어오는 마당이나 툇마
루의 따뜻한 모습과 다다미가 깔린 실내의
서늘한 공기를 나눠 그린 게 인상적이며,
일본 가옥다운 푸근한 분위기가 전해진다.
오봉을 위해 불단에 바쳐진 꽃과 과일, 정
령마(精靈馬) 인형 등의 묘사도 세부에 이
르기까지 매우 치밀하다.

히나 일행에게 "오봉을 맑은 날씨로 만들고 싶다"라고 의뢰한 부인, 다치바나 집안의 집.
"생활하는 느낌이나 정보량이 있었으면 한다는 신카이 감독님의 말에 태양광 패널을 놓고 잎사귀를 흩어놓는 등 이런저런 장치를
마련했습니다."(다키구치)

다치바나 집안의 집 현관. 화사하게 핀 꽃이 아름답다.
"햇살에 반짝이는 이미지로 그렸습니다."(도모자와)

"신카이 감독님의 그림 콘티에는 많은 의미가 담겨 있어서 그걸 충실히 재현했습니다. 일테면 장면이 바뀌는 이 컷. 스카이트리를 의도적으로 넣음으로써 '도쿄의 서민 마을'이라는 사실을 한눈에 알 수 있는 컷이 되었습니다."(다키구치)

이웃집 창문에는 발이 걸려 있어서 사람이 살고 있다는 생활감과 계절감을 느끼게 했다.

"이웃집에 사람이 살고 있다는 걸 느낄 수 있는 분위기를 내느라 애를 먹었습니다. 거꾸로 앞쪽의 잡초 그리기는 즐거웠습니다."(도모자와)

〔왼쪽 위〕"이 중간 거리의 나무에 고생했습니다. 비가 갰다는 느낌을 내는 데 주력했습니다."(오바라)

〔오른쪽 위〕"보통 눈에 잡히지 않는 앵글이라 어려웠습니다."(오바라)

〔왼쪽 아래〕"비가 갠 뒤라 잎과 돌들이 반들거리는 분위기를 내려고 하이라이트와 플레어를 그리면서 신경 썼습니다."(도모자와)

〔오른쪽 아래〕"이것도 장면에 맞춰 반짝거림을 의식했습니다."(오바라)

"다치바나 집안 마당에서 툇마루를 바라보는 컷입니다. 마당의 나무와 화분의 녹음이 빛을 튕겨내는 모습, 새록새록 인상에 남도록

열심히 시간을 들여 그렸습니다."(도모자와)

부인 집 불단. 강한 햇살이 쏟아지는 실외와는 대조적으로 어두운 실내의 대비가 두드러진다. 또 다다미에 반사되는 햇살 등이
표현되어 세부에 얼마나 매달렸는지 알 수 있는 컷.
"다다미를 그리는 게 너무 좋아서 즐겁게 그렸습니다."(도모자와)

"실제 우리 집 불단은 어땠더라……라고 떠올리면서 오래 생각하며 그렸습니다. 불단 주위는 어디나 즐겁게 그렸습니다."(도모자와)

"오봉 불단을 조사하고 할머님 집도 참고했습니다. 조금이라도 인상적인 장면이 되었다면 기쁘겠네요."(도모자와)

"왼쪽 맨 앞에 공양된 쌀은 생쌀과 잘게 썬 인삼과 오이, 가지를 섞어 올렸는데 음식처럼 보이지 않게 하려고 고생했습니다. 안쪽에 있는 담뱃갑은 돌아가신 할아버지의 흔적이라는 설정입니다."(다키구치)

신사

일본에서도 보기 드문, 기상을 관장하는 신사. 나츠미 일행이 이상기후를 취재하려고 이곳을 방문해 신주에게서 '날씨의 무녀'와 관련된 흥미진진한 전승을 듣게 된다. 신사 건물에 그려진 거대한 천장화, 그것은 800년 전에 '날씨의 무녀'가 봤던 경치라고 한다. 역사의 무게를 느끼게 하는 공간과 거기에 그려진 천장화와 그림, 그 불가사의한 존재감은 본편 속에서도 특이한 것이었다. 세속을 초월한 규모에 절로 마음이 무대 안으로 빨려 들어간다.

부드러운 빛에 둘러싸여, 비가 내리고 있지만 어두운 인상은 없다.
"비에 젖은 신사 입구입니다. 청량감을 표현하려 했습니다."(다키구치)

"에마(신사에서 소원을 빌 때 쓰는 말 그림 액자)에 적힌 글은 담당자에게 맡겼습니다.
에마에 소원을 적은 사람의 나이들을 느낄 수 있게 표현했습니다."(다키구치)

〈대일본국지진도〉 "야마모토 니조 씨가 정말 박력 넘치는 그림으로 완성해 주었습니다. 자세한 내용은 이 책의 대담(218~219페이지)을 읽어보시길 바랍니다."(다키구치)

거대한 천장화가 그려져 있는 신사 건물.

"가공의 건물입니다만 천장화를 보여주기 위해 매우 단순한 공간과 분위기를 만들었습니다.

천장화 없이는 성립될 수 없는 컷입니다."(다키구치)

용의 존재감이 눈길을 끄는 〈천장화〉 컷. 널빤지의 질감과 오랜 세월을 거친 색채 변화도 그려 넣어, 오랫동안 그 자리를 지켜온 리얼리티를 느낄 수 있다.

"천장화 자체를 클로즈업한 겁니다. 너무나 멋지죠……. 자세한 얘기는 대담에서 말씀드렸습니다."(다키구치)

〈무녀와 용〉 "야마모토 니조 씨 말씀으로는, 어떤 여배우를 참고하셨답니다."(다키구치)

〈기우제〉"액자 안에 야마모토 니조 씨가 그려준 그림을 넣어 완성했습니다. 장면에 맞춰 명도와 채도를 조정했습니다."(후지이)

골목

거리 곳곳에 존재하는 좁은 골목. 전기 미터기와 실외기, 주민이 놓아둔 화분이나 고양이를 막는 페트병 등이 빼곡하게 늘어선 미로 같은 장소이다. 이 작품에서는 헤매고 숨고 도망치기도 하는 등 이야기 곳곳에서 무대로 등장한다. 화려한 도시의 이면이라고도 할 수 있는 뒷골목에도 사람들의 생활이 뿌리를 내리고 있음을 알 수 있다. 어두컴컴하고 복잡한 골목도 다른 미술 배경과 마찬가지로 아주 세밀하고 정성껏 그려져 있어 어두운 일면을 지닌 도쿄의 풍경으로 작품을 다채롭게 만들고 있다.

"모델이 된 뒷골목은 낮에도 어두컴컴하고 독특한 공기가 느껴지는 곳입니다. 어쨌든 물건을 최대한 늘리려고 고양이 '아메'가 등장하는 장면임에도 일부러 고양이를 막는 페트병을 놓아두었습니다."(히로사와)

앞 도로를 남자 중학생 둘이 달려가는 장면에서 사용되었다. 오래된 실외기와 꽃봉오리를 달고 있는 나팔꽃 화분 등 사람의 생활 기척을 느낄 수 있다.

"오른쪽의 건설 중인 철판 벽에 비치는 모습이 정말 아름답게 그려졌습니다. 서민 마을의 정경에 공사 현장의 싸늘한 질감 대비는
일상적인 느낌이 들어 매력적입니다." (다키구치)

"전기 미터기나 가스 미터기 등은 평소에는 별로 신경 쓰지 않는데 산책 겸 관찰하고 사진을 찍어 그렸습니다. 제일 앞에 있는
전기 미터기는 집 근처에 있는 것을 참고했습니다."(히로사와)

뒷골목에서 올려다본 건물과 흐린 하늘. 본편에서는 전선이 많이 가로지르고 있다.
"신주쿠 뒤의 복잡하고 으스스한 분위기를 잘 만들어냈구나 싶었죠. 퍼스만 보면 미술 담당을 너무 힘들게 한 컷입니다."(다키구치)

"작업을 시작하고 두 번째 그림이라 골목이 얼마나 더러워야 하는지 등 방향성을 놓고 시행 착오하던 때입니다. 리테이크가 여러 차례 이루어졌고 최종적으로는 미술감독인 다키구치 씨의 손이 상당히 더해졌습니다. 대화하면서 방향성을 찾았습니다."(히로사와)

선로 옆 좁은 통로. 차체와 창문의 반사, 노면에 비치는 모습 등 세부까지 얼마나 매달렸는지 느껴진다.

"왼쪽 끝 차의 질감이 멋지게 느껴지죠. 왼쪽 아래에 보이는 사각형 자판기는 1000엔 가챠 머신입니다(웃음)."(다키구치)

주택가의 뒷골목. 녹이 많이 슬고 더러워진 빗물받이의 묘사 등 리얼리티 넘치는 컷.
"실제로 있는 장소는 아닌데 주택가 뒷골목 특유의 잡다한 생활감을 의식했습니다." (와타나베)

공원

히나가 가져오는 잠깐의 맑은 날씨 동안 호다카 일행 모두가 평화로운 한때를 즐기는 큰 공원. 도심이라 맨션과 빌딩에 둘러싸여 있지만, 선명한 잔디밭과 나무들의 잎들이 무성하다. 비가 내리는 장면이 많은 본편에서 푸른 하늘이 펼쳐지고 부드러운 바람을 느낄 수 있는 공원 장면은 이야기가 폭풍우와 만나기 직전에 맞이한 휴식의 장이기도 하다. 다 같은 '녹음'이라고 하기에는 너무나 섬세하고 다채로운 초목 묘사를 주목하기 바란다.

"잔디 공원입니다. 쨍하게 맑은, 기분 좋은 컷이죠. 흐린 날씨만 그리던 터라 톤 조절에 시간이 걸렸습니다. 원경에 있는 빌딩군도 자세히 관찰해 그렸습니다."(다키구치)

〔왼쪽 위〕 도쿄타워를 가까이에서 바라보는 미나토구립 잔디 공원. 태양광 발전시스템과 풍력 발전시스템이 설치되어 있다.

〔오른쪽 위〕 공원 벤치에서 올려다 본 푸른 하늘. 평소의 비 내리는 거리와는 완전히 다른 평화로운 풍경이다.

〔왼쪽 아래〕 스가가 딸 모카와 노는 잔디밭

〔오른쪽 아래〕 원경으로 조조지(增上寺)의 사찰 건물이 보인다.

[왼쪽 위/오른쪽 위/오른쪽 아래] 호다카와 스가 일행이 앉은 벤치와 잘 관리된 식물이 화사하다.

[왼쪽 아래] 모카가 화관을 만들며 노는 잔디밭.

"협력해준 구사나기(미술배경회사) 씨의 훌륭한 기량이 드러난 컷입니다. 잔디의 정보량을 느낄 수 있는 멋진 장면이었습니다."(다키구치)

"잔디 공원 장면을 계기로 주요 캐릭터 사이에서 신뢰와 거리감이 커진 듯 느껴지도록 하고 싶어서 중앙의 나무 기둥을 아예
캐릭터보다 눈에 띄게 했습니다. 안도감을 주는 빛 처리와 색채로 묘사했죠."(다키구치)

도피행

히나의 변화와 함께 이상기후에 휩싸인 도쿄 · 호우, 그리고 기온 저하로 여름임에도 눈이 내리기 시작하는 가운데 호다카 일행은 경찰에게서 도망치기 위해 거리를 방황한다. 교통기관 마비로 이케부쿠로에 내린 그들이 몸을 숨긴 곳은 어른들의 분위기가 감도는 호텔 거리의 한 방이었다. 이야기는 클라이맥스를 향해 속도를 높이기 시작한다.

이상기후로 불온한 기운이 가득한 도쿄 거리와 일본 열도로 다가오는 거대한 소용돌이 구름, 그 팽팽한 긴장감이 미술 배경에도 강하게 드러나고 있다. 압박감조차 느껴지는 다양한 배경을 봐주시길.

"화면 중앙의 신국립경기장은 건설 중이었던 터라 상상으로 초록색 불을 둘렀죠. 오른쪽 안쪽에 보이는 관람차는 가사이 임해공원에 있는 겁니다. 도쿄 야경의 인상을 강하게 하려고 주요 건물은 라이팅을 강조하는 조치를 취했습니다."(다키구치)

시부야의 스크램블 교차로. 어둠 속에서 간판 불빛이 살짝 번진 듯 보인다.

"이 컷만이 아니라 실제 간판을 재현하기 위해 허락받는 일이 정말 힘들었다고 들었습니다."(다키구치)

본편에서는 눈이 내렸던 이케부쿠로 역의 동쪽 출입구 컷. 명암 대비가 극적인 인상이지만 어두운 부분도 정성껏 그려져 있다.

호다카 일행은 비바람을 피할 숙소를 찾지만 많은 호텔에게서 숙박을 거절당한다.
안쪽에 청소회사의 거대한 굴뚝이 어슴푸레 솟아있다.

눈이 내리는 이케부쿠로 역 서쪽 출입구(북)의 컷.
"담당자의 역작입니다. 보고서 단번에 OK한 기억이 있습니다."(다키구치)

보라색과 핑크색 네온이 번쩍이는 호텔가의, 약간은 기괴한 분위기가 잘 드러난 컷. 호다카 일행이 숙소를 찾아 헤매는 장면에서 사용되었다.

이케부쿠로의 선샤인60 도로. 본편에서는 우산을 쓴 많은 사람들이 거리를 메우고 있다.

"간판이 정말 많았고, 게다가 밤이라 빛나고 있어서 정보량이 많아 힘들었던 컷입니다. 현장감이 잘 표현되었다고 생각합니다."(다키구치)

낙뢰로 화재가 일어난 선샤인60 도로를 상공에서 부감한 컷. 밤 거리에 피어오르는 연기의 밝기에 눈길이 머문다.

호다카 일행이 몸을 기댄 호텔의 원경. 비로 흐려진 가운데 간판의 요염한 불빛이 눈길을 끄는 장면.
"중앙에 있는 호텔 간판의 글자는 일본어 글씨면 시선을 끌 수밖에 없어서 도드라지지 않도록 로마자로 표기했습니다."(다키구치)

[왼쪽 위] 호다카 일행이 숙박한 호텔 프런트
[오른쪽 위] 같은 호텔의 엘리베이터 패널
[왼쪽 아래] 같은 호텔 방의 출입구
[오른쪽 아래] 호텔 침대에 설치된 시계. 본편에서는 00:00을 가리키고 있다.

호다카 일행이 숙박한 방의 내부. 본편에서는 화면 오른쪽 바닥에 킹 사이즈 침대가 놓여 있다.

마찬가지로 호다카 일행이 숙박한 방. 이 킷도 본편에서는 타일이 붙이있는 기둥 너머로 침대가 놓여 있다.
호다카가 거기 앉아 셋이 밥을 먹는 장면이 인상적이다.

호텔 욕실. 타일 한 장 한 장, 문양까지 세밀히 구분되어 그려져 있다.

번개가 번뜩이는 도쿄 상공.
"밤의 무거운 구름 이미지가 잡히지 않아 고생했습니다. 작은 것부터 그리다 보니 어느 새 끝나 있긴 했습니다만
정말 많이 더듬거리는 통에 이 일에 끝이 있을까 싶었습니다."(히로사와)

일본 열도를 뒤덮은 거대한 저기압.
"이것도 176페이지와 마찬가지로 구름에 애먹었던 컷입니다. 이미지가 뚜렷하게 잡히지 않아 여러 차례 다시 그렸습니다.
지금 봐도 식은땀이 납니다(웃음)"(히로사와)

구름과 하늘

이 작품의 큰 모티프인 구름, 그리고 열쇠
를 쥔 하늘 위 세계. 수시로 변하는 구름과
하늘의 풍경은 주역의 하나이다. 이 작품에
등장하는 구름에는 다양한 종류가 있는데
대류운으로 불리는 적란운, 그 적란운이 성
장해 정상 부분이 퍼져 평평해진 모루구름,
나아가 용처럼 꿈틀대는 구름까지 정말 다
양한 구름이 그려졌다. 이야기의 클라이맥
스가 되는 하늘 위 세계에서는 구름이 만들
어낸 환상적인 광경이 펼쳐진다. 사실감을
충실히 그려낸 풍경부터 상상력의 날개를
펼친 풍경까지 이번 장에서는 대규모의 아
름다운 미술 배경을 전개한다.

도쿄 상공에 펼쳐지는 거대한 적란운 '모루구름'

"'적란운의 일종으로 호수 정도의 물을 머금고 있다'라는 극중 대사에 맞춰 구름의 거대함을 중시하며 그렸습니다." (왕)

도심을 상공에서 부감한 컷.

"작품에서 상징적인 컷이라 더 정성껏 그렸습니다."(오바라) "전체적으로 정보량이 정말 많았는데 특징적인 부분에 초점을 맞춘 묘사로 부감하는 컷을 제대로 그림에 담으려고 노력했습니다."(다키구치)

"커다란 구름 덩어리 속에서 번개가 발생하는 장면인데 단조롭게 보이지 않도록 구름 속에 색의 변화를 주었습니다."(오바라)

호다카가 "푸른 하늘보다 나는 히나가 좋아!"라고 외치는 배경으로 사용되었다. 역광으로 그림자가 진 구름이 사실적으로 그려졌다.
"태양이 눈 부신 여름다운 인상을 내려고 노력했습니다."(오바라)

이 작품에서 그려진 구름은 리얼리티에 집착하고 있어서 같은 형태가 거의 없다.
[왼쪽] "빨려드는 듯한 느낌이 나도록 연구했습니다."(오바라/도모자와)
[오른쪽 위] "초기 단계에서 그린 구름으로 수정했는데 구름의 일반적인 방향성을 볼 수 있었던 컷입니다.
일본기상협회 분에게 칭찬을 들었죠."(다키구치)

환상적인 하늘 위 세계. 거대한 '모루구름' 윗부분에 초원이 펼쳐져 있다.

서두에서 기도를 드린 히나가 본 구름 위 초원.
"모루구름 초원의 분위기를 잡아낸 컷입니다." (다키구치)

[왼쪽 아래] 이야기 첫 부분에서 히나가 본 하늘 위 세계

[위/오른쪽 아래] 호다카가 히나를 되찾으러 하늘 세계로 온 장면에서 사용되었다.

"비눗방울이 이어져 있는 듯한, 가공의 풀이 돋아있다는 설정이라 그 점을 의식하며 그리게 했습니다.
얼핏 평범한 초원으로도 보이지만 자세히 보면 풀의 독특한 실루엣이 그려져 있습니다."(다키구치)

색색의 구름 속에서 호다카와 히나가 떨어지는 컷.
"신카이 감독님으로부터 '이전 컷과 조금 세계관이 달라진 듯, 다양한 색이 섞인 신비로운 인상이었으면 좋겠다'라는 말이 있어서
나름 해석을 가미해 그렸습니다. 감독님의 평가도 좋았고, 다키구치 씨도 칭찬해줘서 기억에 많이 남는 컷입니다."(와타나베)

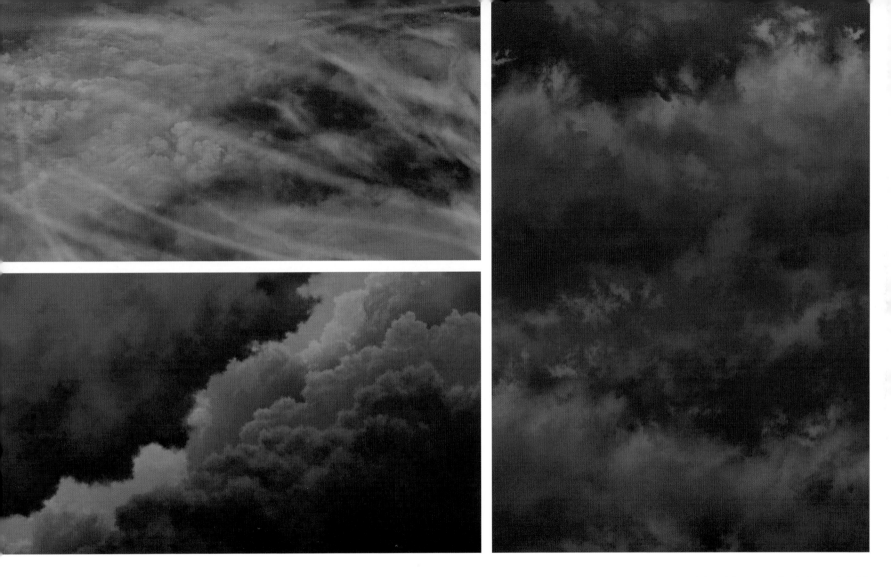

[왼쪽 위/왼쪽 아래/오른쪽] 호다카가 도리이를 통과한 끝에 본 하늘 풍경. 어둡고 무겁게 느껴지는 구름은 단순히 어두운 게 아니라 여러 색채가 사용되었다.

용의 형상을 한 다발 모양의 구름이 고개를 쳐든다. 본편에서는 이 다발 하나하나에 움직임이 더해졌다.
"야마모토 니조 씨가 그린 천장화와 일련의 장면이라 생각하며 그렸습니다."(후지이)

"하루미 객선 터미널 근처는 좋아하는 장소라 즐거운 작업이 되리라 생각했는데 용 구름은 참고할 만한 게 너무 없어서 힘들었습니다. 실은 리얼한 것을 포함해 5가지 패턴 정도를 그렸죠. 최종판은 VFX를 맡은 이즈미 씨에게서 테스트 필름을 받아 보고 힌트를 얻어 그렸습니다."(마지마)

"'도쿄 상공의 불온한 구름과 일본 열도를 두드러지게 해달라'는 주문이 있어서 너무 과장되어 보이지 않을 정도로 의식하며
그렸습니다."(와타나베)

"평소 지구를 그려본 적이 없어 무척 애먹었던 기억이 납니다. 지구 위의 구름을 의식하며 그렸습니다. 광활한 인상이 전해졌으면 좋겠습니다."(와타나베)

몇 년 후의 세계

호다카와 히나의 결단으로 멈추지 않게 된 비.
몇 년 후, 호다카는 면적의 3분의 1 정도가 수
몰되어버린 도쿄로 다시 상경한다. 완전히 변
해버린 도심은 고층 빌딩과 레인보우 브리지
마저 잠겼고 사람이 살지 못하게 된 빌딩에는
풀과 이끼가 무성했다. 변해버린 세계에서 호
다카와 히나의 이야기는 마침내 결말을 맺는
다. 세계는 변했어도 사람들은 그 안에서 여전
히 서로 웃으며 하루하루를 보낸다. 현실과는
동떨어진 광경임에도 그 미술 배경에서 완벽
한 리얼리티를 느낄 수 있다.

물웅덩이에 뜬 벚꽃 잎과 잎사귀. 수면과 꽃잎의 반짝임에 희망이 물든다.
"꽃잎을 흩뿌려 봄기운을 느끼게 한 컷입니다."(다키구치)

멈추지 않는 비로 잠긴 도쿄 도심. 스카이트리와 고층 빌딩의 모습은 확인할 수 있으나 서민 마을 등 저지대는 물에 잠겨버렸다.

195페이지보다 더 상공에서 부감한 도쿄. 표고가 높은 도쿄 서부지역은 물에 잠기지 않았음을 볼 수 있다.

"어디까지 물에 잠기게 할지를 놓고 고심했는데 사전에 스태프가 시뮬레이션을 해줘서 설득력 있게 표현할 수 있었습니다."(다키구치)

도쿄만도 수몰되어 레인보우 브리지는 현수교를 지탱하는 탑 부분만 고개를 내밀고 있다.
"수몰된 지역에 배가 다닌다는 설정이라 선박 전문가에게 자문을 요청해 유도등을 설치했습니다. 안쪽으로 선박의 가설 정류장이
보입니다."(다키구치)

호다카가 사는 낙도 컷. 고등학교를 졸업한 호다카가 후배의 호출을 받은 장소로 원경으로는 햇살이 비치는 부분도 보이지만
본편에서는 비가 내리는 장면.

호다카의 졸업식 당일의 칠판. 학생들이 흩어진 뒤 교실의 정적과 쓸쓸함을 느낄 수 있다.

다시 도쿄로 온 호다카가 살 아파트.
"낡은 아파트의 느낌과 베란다의 사용상 주의 문구도 충실하게 표현하게 했습니다."(다키구치)

'날씨 비즈니스'를 의뢰했던 서민 마을 부인이 사는 맨션. 전에 살던 지역은 모두 물에 잠겨 살 수 없게 되어 이곳으로 이사 왔다. 왼쪽 맨션 일부는 수몰되어 있다.

스가의 새로운 사무실.
"스가의 편집 프로덕션이 성장한 느낌을 내달라고 신카이 감독님이 의뢰하셔서, 이전의 어둡고 잡스러운 분위기와 달리 밝고
어느 정도는 정돈된 사무실으로 그려내, 변화가 느껴지게 했습니다."(다키구치)

마찬가지로 스가의 사무실. 이사를 온 후 한 번도 열어보지 않은 종이상자 위에 짐이 놓여 있는 등 그의 성격을 곳곳에 표현해놓았다.
오른쪽 책상 위에는 낯익은 헬멧이 놓여 있다.

차창에서 바라본 풍경. 비에 계속 젖어 낡아가는 건물과 대조적으로 무성한 넝쿨 등에서 식물의 생명력이 느껴진다.

수몰된 거리 컷. 아래 차도는 완전히 수몰되었는데 본편에서는 육교 위로 우산을 쓴 사람들이 지나다닌다.
"그랬을 때보다 본편이 더 어둡고 극적이었습니다."(마지마)

수위가 올라간 도쿄만. 수면에 빌딩이 비치는 모습이 잘 그려져 있다. 본편에서는 수상 버스가 달린다.

"물의 투명함을 의식하며 재해의 느낌이 강조되지 않도록 조정했습니다. 여담인데 기상 감수를 맡아주신 아라키 선생을 만났을 때
'이 작품 덕분에 많은 분들이 일기예보에 귀를 기울여주시더라. 날씨에 관심을 갖게 된 사람이 늘었다'라고 하셨습니다."(다키구치)

스가의 말에 떠밀려 호다카가 히나를 만나러 가는 컷.
"봄이라 벚꽃이 피어 있게 했습니다. 감독 요청으로 하늘에도 옅은 분홍빛을 넣었죠. 참고로 오른쪽 앞은 수국입니다."(다키구치)

호다카가 몇 년 만에 히나와 재회하는 언덕길. 복잡하게 변화하는 하늘의 색채와 시간의 경과를 느끼게 하는 넝쿨이 무성한 가로등 등 아름다움만이 아닌 다양한 요소를 그려 넣었다.

『날씨의 아이』 미술 배경 프리프로덕션

다키구치 히로시
TAKIGUCHI HIROSHI

1973년생. 치바 현 출신. 애니메이션 배경회사를 거쳐 현재는 리랜서로 극장 작품을 중심으로 활약하고 있다. 영화 『별을 쫓는 아이』로 신카이 작품에 처음 참가. 『너의 이름은.』에서는 미술 설정 협력, 『009RE:CYBORG』(가미야마 겐지 감독)에서 미술 설정을 담당, 『언어의 정원』 『하나와 앨리스 살인사건』(이와이 슌지 감독) 『BLAME!』(세시타 히로유키 감독) 등에서 미술감독을 맡았다.

『날씨의 아이』의 압도적인 미술 배경은 세밀한 설정을 바탕으로 제작되었다. 작품 속 무대와 소품 등의 정보를 만들어 넣고, 빛·색조라는 작품 전체 분위기의 방향성을 결정하는 설정을 담당한 다키구치 히로시 미술 감독이 프리프로덕션에 해당하는 각 공정 '미술 보드' '컬러 스크립트' '러프 스케치' '3D 모델'을 해설해 주었다.

프리프로덕션……본 제작 전에 하는 준비 작업의 총칭

미술 보드

비가 내리는 도쿄 거리를 그린 이 미술 보드는 이 작품 『날씨의 아이』의 미술로 처음 작성해 전체적인 지침으로 삼은 겁니다. 신카이 감독이 "이번 미술에는 평소보다 더 아스팔트가 젖어 있는 상태를 많이 넣고 싶다"라는 힌트를 주어 나름대로 이미지를 키우며 그렸습니다. 습도가 높아 빛이 확산하는 이미지 등 공기의 느낌과 빛이 보이는 방식, 색채를 중요시했습니다.

또 신카이 감독 작품의 특징 중 하나인 '실재 장소나 물건을 극 중에 충실에 표현'하는 점을 더 철저히 해서 작품에서는 실제 거리를 그대로 표현하고 간판 글자도 바꾸지 않고 그리려고 했습니다. 단번에는 파악할 수 없는 화면의 정보량은 관객이 작품에 요구하는 것을 순수하게 추구한 결과입니다.

18페이지에 실린 그림은 이 미술 보드를 더 수정해 본편에서 실제로 사용하는 미술 배경으로 작업한 것.

컬러 스크립트

작품 전체의 라이팅이나 색감, 분위기를 어떤 방향으로 가져갈지 검토하기 위해, 그림 콘티에 색을 올린 컬러 스크립트를 제작했습니다. 픽사 등 해외의 애니메이션 스튜디오는 많이 제작하는데 일본에서는 드문 일이었을지 모르겠습니다.

미술 보드와 비슷한 의미겠으나 그림의 지른 그리 따지지 않고 이 장면은 어떤 이미지면 좋겠는지를 가장 우선시하며 그렸습니다. 또 촬영 스태프가 이걸 보고 '어느 네온을 점멸시킬까?'라는 고민을 하게 만드는 바탕이 되기도 합니다.

러프 스케치
(2D 미술 설정)

구체적인 무대의 설정을 만드는 순서로는 우선 시나리오를 읽고 로케이션을 찾습니다. 로케이션 헌팅으로 찾아온 것을 바탕으로 러프 스케치를 그립니다. 무대가 될 공간의 넓이나 규모, 어느 정도의 세부 묘사가 필요한지를 이 공정에서 탐구합니다. 아직 그림 콘티 이전의 단계라 '나는 시나리오를 읽고 이야기를 이렇게 해석했습니다'라는 요소를 담았습니다. '캐릭터가 이렇게 행동하지 않을까'라고. 신카이 감독이 그림 콘티를 그릴 때 사용하기 쉽도록 정보량을 의식하며 그려 넣었습니다. 그렇게 완성한 러프 스케치를 신카이 감독에게 확인받고 OK가 떨어지면 이걸 바탕으로 다시 깨끗하게 그림을 그립니다. 제 경우는 깨끗하게 다시 그리는 작업은 3D 모델로 만듭니다(나중에 설명하겠습니다). 여기 선보인 러프 스케치는 '버려진 빌딩'인데 이 버려진 빌딩은 로케이션 헌팅 자체가 힘들었던 곳이라 여기저기 상상으로 보완했습니다. 또 클라이맥스에서의 너덜너덜한 외관과 호다카가 도리이를 향하는 길 등도 상상하면서 그려 넣었습니다.

〈버려진 빌딩〉

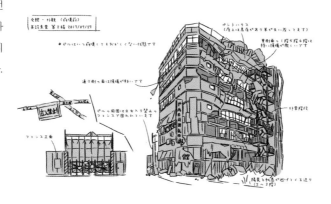

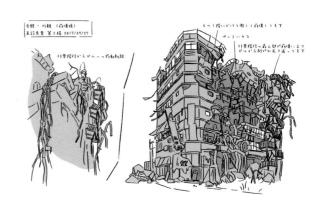

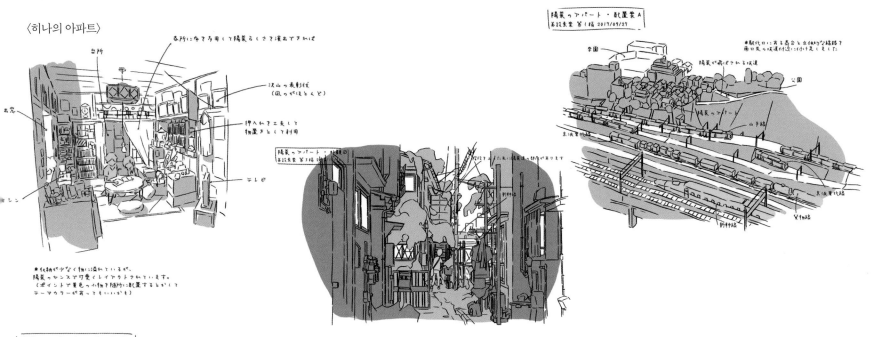

〈히나의 아파트〉

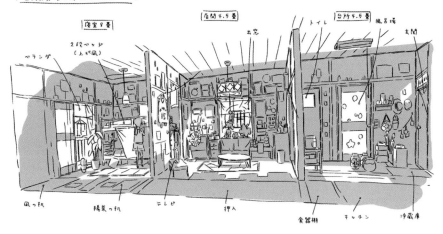

히나의 아파트가 있는 지역은 실제로 로케이션 헌팅했던 풍경을 바탕으로 선로와 고지대를 조합한 작품만의 배경으로 만들었습니다. 로케이션 헌팅 때 신카이 감독이 경치를 보고 "고지대에 건물이 덜렁 서 있는 느낌이 아주 좋네요"라고 해서 그걸 반영한 형태입니다. 아파트 자체는 실재하는 빌딩이 아닌지라 그럴 때는 시나리오를 찬찬히 읽고 나만의 이미지를 만드는 게 중요합니다. 가족 구성이나 과거에 어떻게 생활했는지, 어떤 일을 했는지, 인물상을 잡아가며 세부 묘사에 넣었습니다. 그를 위해서라도 아파트의 자료를 수없이 보거나 영화와 드라마를 보면서 정보를 늘려둘 필요가 있습니다. 쓰지 않을지도 모르는 부분까지 방마다 설정했습니다. 신카이 감독이 그림 콘티를 그릴 때 설정을 즐겁게 사용하길 바라며 날씨와 관련이 있는 소품을 놓는 등 세부적인 부분도 그려 넣었습니다. 러프 스케치는 미술 보드와 마찬가지로 아이디어를 내기 위한 토대이기도 합니다.

3D 모델
(3D 미술 설정)

신카이 감독의 OK를 받은 러프 스케치는 깨끗하게 다시 그리는 작업으로 넘어갑니다. 이 작업은 보통 2D로 할 때가 많은데 아무래도 각도를 바꿨을 때의 이미지를 공유하기 어려워 나는 3D 모델을 제작하기로 했습니다. 3D 모델 속에서 실제로 카메라를 움직여 이상적인 구도를 정하고 그대로 레이아웃으로 사용하면 질과 속도를 양립할 수 있기 때문입니다. 실제로 미술을 그릴 때는 이 레이아웃을 바탕으로 그 위에 칠해 완성합니다. 기본적으로 3D 모델을 만드는 것은 장면 안의 컷 수가 많을 경우입니다. 예를 들면 여기의 스가 사무소처럼 여러 번 같은 방이 나와 관객이 지겨워할 수 있는 부분을 구도를 바꾸거나 디테일을 조정해 매력적인 컷으로 만듭니다. 여기서는 종이 다발이나 술 등의 디테일에서 스가라는 캐릭터의 배경과 생활 감각을 느낄 수 있지 않을까요.

〈스가의 사무소〉

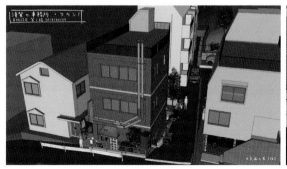

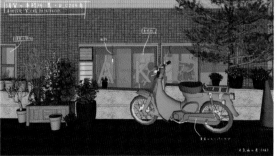

〈히나의 아파트 안〉

〈히나의 아파트 계단 부근〉

〈신사〉

〈버려진 빌딩〉
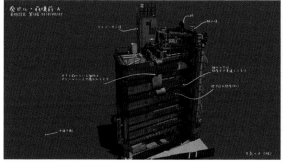

〈버려진 빌딩 옥상〉
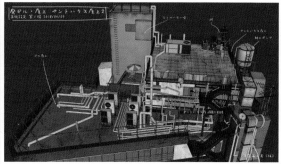

〈서민 마을의 민가〉

〈병실〉
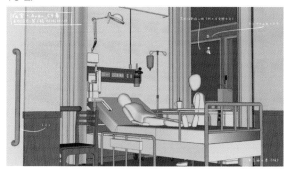

실내 장면도 여러 종류가 있어서 비슷한 분위기가 되지 않도록 의식해 대비를 넣었습니다. 3D 모델에 주력한 요소는 더 넣으면 넣을 수도 있겠으나 너무 넣으면 데이터가 무거워지고 미술 스태프가 개성을 발휘할 즐거움을 빼앗아 버리므로 이 정도로 했습니다. 최소한의 정보를 넣고 다음은 그리는 사람의 살아있는 감각에 맡기는 형태죠. 또 이번 작품에서는 제작 시간이 겹치기도 해서 내가 3D 모델에 랜더링을 걸어 그걸 미술 보드 대신하기도 했습니다. 랜더링 작업으로 빛과 색감, 텍스처, 질감, 그림자의 위치 등을 시뮬레이션해 연출을 포함한 화상을 만들었습니다. 이 화상을 미술 보드로도, 실제로 미술을 만들기 위한 밑그림의 소재로도 사용하게 했습니다.

신카이 마코토

원작·각본·감독

구도뿐만 아니라 화면 속 명암도 이용해
시선을 유도할 필요가 있습니다.

— 여기서는 연출의 관점에서 신카이 감독이 미술 배경에 대해 생각한 걸 물어보려 합니다. 배경을 그리려면 우선 레이아웃이 필요한데 역시 로케이션 헌팅으로 찍은 사진에서 레이아웃을 정한 컷이 많았나요?

신카이 『날씨의 아이』에서 사진을 그대로 레이아웃으로 사용한 컷은 정말 적습니다. 영화의 1700컷 중 거리 풍경이 중심인 컷 같은, 아주 소수죠. 『초속 5센티미터』처럼 풍경의 적층처럼 보이는 작품은 사진 레이아웃 중심으로 만드는 의미가 있겠죠. 하지만 『날씨의 아이』는 그렇지 않습니다. 분위기 속에서 캐릭터의 존재를 보여주는 작품이므로 사진은 어디까지나 참고였습니다.

— 로케이션 헌팅은 어떻게 진행했나요?

신카이 각본 개발 중, 이번 작품을 그리면서 어떤 지역을 보고 다녀야 좋은지를, 도쿄의 지형에 관한 책을 쓴 우치다 소지 씨에게 조언을 받고 이틀 정도 무대 후보지를 보며 돌아다녔습니다. 미술 감독인 다키구치 씨와 조감독과 색채 설계를 담당한 미키 요코 씨도 왔는데 그때는 저마다 마음에 드는 풍경을 사진으로 찍었습니다.

그 후 각본이 완성되고 그림 콘티를 그리는 단계에서 다시 필요한 사진을 직접 찍으러 갔습니다. 그때는 실제 장소를 걸어다니면서 캐릭터가 어떻게 움직일지 생각하며 찍었습

니다. 실제 제작에 들어간 후로는 스태프가 각자 로케이션 헌팅을 했습니다. 그때까지 촬영한 데이터 외에도 애니메이터나 제작 진행이 추가 자료로 사진을 찍으러 갔고 원화가 완성된 후에는 미술 스태프도, 더 자세한 정보를 찾아 촬영하러 갔습니다. ……오히려 레이아웃이라는 점에서 보면 『날씨의 아이』는 사진보다 3D CG 가이드를 이용한 게 큰 특징입니다.

— 어디서 3D 가이드를 사용했나요?

신카이 히나의 집, 스가의 사무소, 버려진 빌딩이라는 실내를 그린 컷을 중심으로 꽤 많은 컷에서 사용했습니다. 버려진 빌딩은 내부와 외관 모두 3D CG로 만들었습니다. 3D CG 모델은 그림 콘티를 참고로 다키구치 씨가 만들어줬습니다. 작화 회의 때 그림 콘티에서 그린 등장인물의 연기를 실현할 수 있도록 애니메이터와 그 3D CG를 이용해 한 컷씩 카메라를 놓고 앵글이나 렌즈를 결정하고 그 가이드를 바탕으로 레이아웃을 그려줬습니다.

— 왜 3D CG 가이드를 도입하셨나요?

신카이 손으로 그리든 3D CG이든 레이아웃은 '그 컷의 연기를 보여주기 위해서는 렌즈의 느낌을 포함해 전체적으로 어떻게 좋은 화면을 만들지'가 중요합니다. 이번에는 『너의 이

름은.』 때보다 제작 시간이 짧아 처음부터 작화 기간이 1년밖에 안 된다는 걸 알고 있었습니다. 각도를 조금만 바꿔도 작화 레이아웃의 수정 시간이 늘어납니다. 그래서 3D CG 가이드를 활용해 그 시간을 줄이자 싶었습니다. 그 대신 20컷의 작화 회의에 5~6시간에 걸쳐 그 자리에서 3D CG로 레이아웃을 결정해 나갔습니다.

— 신카이 감독님이 생각하는 '좋은 레이아웃'을 알려주십시오.

신카이 그 점은 아주 전통적인 점을 지향합니다. 내가 목표로 하는 건 영화 경험을 관객에게 전달하는 겁니다. 그래서 각 컷은 이야기를 걸림돌 없이 전달할 수 있도록 노이즈 없는 화면이어야 한다는 게 필수 항목입니다. 그러므로 표준 렌즈(50mm~70mm)를 중심으로 주목시키고 싶은 등장인물에 제대로 눈길이 가도록, 시선 유도할 수 있는 화면 구성에 주력했습니다.

— 이렇게 완성한 레이아웃이 미술 원화로 미술팀에 전해지고 배경화가 그려집니다. 배경화를 점검할 때 의식하는 부분을 알려 주십시오.

신카이 배경이 20~30장 정도 완성되었을 때 다키구치 씨의 자리에서 한 장씩 점검했습니다. 점검할 때 의식한 것 중 하나는 흑백으로 봐도 시선 유도가 제대로 되는가, 라는 점

이었습니다. 자주 생기는 문제가 배경 전체가 비슷한 명도가 되어 화면 어디를 봐야 할지 모르게 되는 겁니다. 물론 촬영에서 화면 명도에 날카로움을 주기도 합니다만 배경 단계에서 그게 되어 있느냐는 아주 중요한 부분입니다.

그래서 미술팀과 촬영팀에는 "이 컷에서는 캐릭터와 배경, 어디가 밝고 어디가 어두운가. 그 점을 생각하며 화면을 만들어 달라"라고 부탁했습니다. 애니메이션은 한 컷의 길이가 실사보다 짧은 경향이 있습니다. 그 짧은 시간 안에 관객에게 컷의 목표를 알리기 위해서는 구도뿐만 아니라 화면 속 명암도 이용해 시선을 유도할 필요가 있습니다.

― 영화 전체에 걸친 색조 변화 등은 어느 정도 계산했나요?

신카이 그림 콘티는 옅은 파란색, 묽은 오렌지를 그려 그림자나 빛 등을 표현합니다. 특별한 장면에서는 그 이외의 색깔, 일테면 클라이맥스에서 달리는 호다카가 회상하는 히나의 모습은 세피아 색깔을 이용해 칠해, 스태프가 '여기서 색조가 바뀌는구나'라고 알 수 있게 했습니다. 그리고 몇 개의 복잡한 장면에서는 다키구치 씨가 내 그림 콘티에 색을 입혀 색감 변화를 알 수 있는 컬러 스크립트를 만들어줬습니다. 영화 전체를 같은 톤으로 정리하는 방향이 아니라 다소는 들쭉날쭉하더라도 이야기의 전개에 맞춰 색채도 크게 변화하는 듯한, 다양성이 있는 즐거운 화면으로 만들고 싶었습니다.

― 미술의 힘으로 인상적인 장면이 된 부분을 꼽는다면?

신카이 좋은 장면은 정말 많은데 굳이 뽑자면 히나의 집과 스가의 사무소입니다. 히나의 집은 그림 콘티에서는 '방 안에 옷감이 많다'라는 정도만 정해져 있었습니다. 반면에 해바라기 이미지에서 노란색을 기조로 골랐고 또 소품을 아주 세부적으로 그려주는 등 멋지게 표현해줬습니다. 스가의 사무소도 마찬가지죠. 반지하의 리얼함과 아이가 있었던 흔적

이 잘 그려졌습니다. 둘 다 미술에 의해 아주 편안한 생활 감각이 화면에 담겼습니다. 나는 『귀를 기울이면』(곤도 요시후미 감독, 구로다 사토시 미술감독)에서 그린 단지의 미술이 인상에 강하게 남아 있습니다. 그 미술을 통해 나는 평소 보는 풍경 속에 있는 특별한 비밀을 알게 된 듯했습니다. 다키구치 씨와는 특별히 그런 얘기를 나누지 않았는데 그 단지가 지니고 있던 분위기가 이 작품의 방 안에도 담겨 있는 듯합니다.

취재와 글. 후지쓰 료타

신카이 마코토

SHINKAI MAKOTO

1973년생. 나가노 현 출신. 2002년 개인 제작한 단편 작품 『별의 목소리』로 상업 영화 데뷔. 그 후 『구름의 저편, 약속의 장소』(2004) 『초속 5센티미터』(2007) 『별을 쫓는 아이』(2011) 『언어의 정원』(2013)을 발표. 2016년에 개봉한 『너의 이름은.』이 기록적으로 흥행하며 일본영화 역대 2위의 흥행 수입을 기록했다. 2019년 개봉한 최신작 『날씨의 아이』는 1천만 명이 넘는 관객동원을 기록하며 국내외에서 높은 평가와 지지를 얻었다.

다키구치 히로시

미술감독

야마모토 니조

기상 신사의 회화·천장화

『날씨의 아이』의 미술감독 다키구치 히로시와 『천공의 성 라퓨타』 등 수많은 명작에서 미술감독을 맡았고
『날씨의 아이』에서는 기상 신사의 천장화 등을 담당한 야마모토 니조 씨의 미술 배경 대담!

― 두 분의 만남부터 말씀해주세요.

야마모토 15년쯤에 『판타직 칠드런』이라는 TV 애니메이션 시리즈에서 다키구치 씨에게 미술 도움을 받았습니다. 그때도 정말 대단한 솜씨라고 생각해서.

다키구치 고맙습니다. 황송한 일이죠. 같이 일을 하면서 니조 씨가 치밀한 회화를 만들어 미술 담당자에게 건네는 등 일 하나하나를 완벽하게 해내는 모습을 보고 큰 감명을 받았습니다. 그 후로는 저 혼자 스승으로 모시며 가끔 만나 이야기를 나눴습니다.

― 그런 친교 속에서 『날씨의 아이』의 일로 이어졌군요. 야마모토 씨는 신사 그림이나 천장화를 의뢰받았을 때의 이야기를 들려주세요.

다키구치 『날씨의 아이』 회의를 진행하면서 용이 그려진 신사 천장화 컷이 나왔습니다. 800년 전 역사와 무게를 지닌 그림이라는 설정이라 작품을 읽어낼 뿐만 아니라 그림에 이야기의 깊이를 담을 수 있는 분에게 부탁해야겠다고 생각했습니다. 처음에는 일본 화가도 검토했는데 애니메이션 속에서 너무 튀지 않고 완전히 녹아드는 그림이었으면 했을 때 역시 니조 씨여야 한다고 생각했습니다.

야마모토 신카이 감독 작품은 『너의 이름은.』에 감동했죠. 다음도 멋진 작품을 만들겠지 생각했던 터라 그 작품으로 의뢰가 들어와 너무 기뻤습니다. 하지만 솔직히 말해 나는 나이로 봐서 신카이 감독 작품에 등장하는 빌딩가는 못 그리겠구나 싶었죠. 예전 『루팡 3세』 때 라무다라는 로봇이 하늘을 나는 장면이 있었는데 그 배경으로 신주쿠 거리를 그린 적이 있습니다. 그때는 빌딩 수도 적었는데도 힘들었습니다. 이번에 의뢰된 그림이 천장화라 안심하고 받아들였습니다.

다키구치 너무 부탁드리고 싶어서 신카이 감독과 프로듀서와 같이 자택을 방문했죠.

야마모토 그래, 그랬지. 그때는 신카이 감독과 용 이야기로 열을 올렸지. 천장화의 용을 가노파가 그렸던 용이 아니라 헤이안 시대에 그려진 용으로 하자는 것도 그때 결정했지.

다키구치 갑자기 핵심을 찌르는 이야기만 나왔습니다. 너무 수준이 높아서 나는 아무 말도 하지 못했죠(웃음).

야마모토 그러고 보니 그때 조용했네(웃음).

― 그렇게 의뢰받은 그림은 어떠셨나요?

야마모토 이번 4장의 그림에 3개월 정도 걸렸는데 천장화가 가장 힘들어서 한 달 반 정도 걸렸습니다. 보통 그림 레이아웃은 감독이나 원화 담당자가 정하는데 이번에는 레이아웃부터 의뢰해서 수정도 꽤 했습니다.

다키구치 처음으로 받은 천장화는 더 다이내믹했습니다. 고대어나 고래 등 각각의 생물이 두드러진 인상이었죠. 감독과 협의를 거쳐 최종적으로 용이 완전히 중심으로 보이는 지금의 형태가 되었습니다.

야마모토 그래요. 실은 처음에는 용도 세 마리였는데, "한 마리로 하고 후지산 쪽에서 몸이 길게 흘러오는 듯 보였으면 좋겠다"라고 감독이 리테이크를 요청했죠. 본편에 나오는 용의 구름과 인상을 맞추고 싶었겠죠. 그때 "이 경치는 800년 전 무녀가 본 경치입니다"라고 해서 더 캐물어 어떤 풍경인지를 물었죠. 그랬더니 그 답을 '맑음 여자가 본 경치'라는 글로 적어줬어요. 보통 그림을 그릴 때 글에서 영감을 받을 때

가 많았던 터라 큰 도움이 되었습니다.

다키구치 신사의 미술 설정은 니조 씨가 그린 그림을 얼마나 박력 있게 보일지, 설득력 있는 분위기로 관객을 매료시킬 것인지, 거기에 의식을 집중하고 만들었습니다. 실제 신사는 더 많은 물건이 놓였는데 너무 많아도 노이즈가 되니까 신사라는 것을 알 수 있는 최소한의 설계로 마무리했습니다. 천장화와 나중에 나쓰미 일행의 대화에 집중하게 하고 싶어서. 숨은 설정으로는 덧문을 열어놓기도 해서 조금 쓸쓸한 신사 이미지를 냈습니다.

— 야마모토 씨는 실제로 완성한 신사 장면을 보시고 어떻게 느끼셨습니까?

야마모토 압도되었죠. 아날로그로 그린 그림을 디지털로 그린 그림의 흐름 속에 용케 녹여내주었더군요.

다키구치 부탁하길 정말 잘했다고 생각했습니다. 하늘과 지상의 연관성과 이상기후라든가 다양한 요소를 이 그림이 담아주었습니다. 작품 전체를 통해 봤을 때 설득력 있는 것은 니조 씨의 그림 덕분입니다.

— 전편에 걸친 미술에 대한 감상은 어떠십니까?

야마모토 완벽했죠. 비에 흐린 빌딩가는 그리기가 정말 어려워요. 비와 안개 같은 것으로, 풍경에 얇은 막이 쳐진 풍경은 손에 잡히지 않으니까요. 내가 참여한 몇 개의 작품 속에는 이 장면을 실패구나 싶은 컷이 있는데 그게 없더군요. 정말 잘 해냈어요.

다키구치 고맙습니다. 프로듀서가 니조 씨의 자택에 그림을 가지러 갔을 때 한참 제작 중이던 제게 말을 전하셨어요. '살아남아'라고 (웃음).

야마모토 나도 『반딧불이의 묘』 제작 때 죽을 것 같았거든. 그래서 그렇게 말했지 (웃음).

— 두 분이 생각하는 '미술 배경을 그릴 때 가장 중요한 점'을 알려주세요.

다키구치 미술 배경은 애니메이션 화면의 80퍼센트 정도를 차지하니까 작품 전체의 질을 좌우하는 중요한 부분입니다. 하지만 한편으로 배경이 너무 앞서 나가는 것도 안 됩니다. 무엇보다 이야기를 완전히 흡수해 캐릭터의 성격과 배경을 파악하고 그들이 움직이는 무대로 그리고 표현해야 하는 게 중요합니다.

야마모토 미술 배경은 그림이 위화감 없이 보여야 하는 게 당연하죠. 조금만 실수하면 너무 두드러지는 세계입니다. 그릴 때는 날씨와 시간, 온도, 습도, 나아가 캐릭터의 감정까지 전부 생각해야 합니다. 로케이션 헌팅이 대본대로 되지 않는 건 당연합니다. 한겨울에 벚나무 가지만 찍어오면 거기에 벚꽃을 그려야 하고 흐린 하늘 사진을 보고 맑은 하늘을 그릴 수 있는 창의력도 필요하죠. 지브리에서도 노을 관찰을 위해 카메라를 들고 옥상으로 가는 스태프가 있었죠. 그러니까 자연이 스승인 일이라 할 수도 있네요.

— 마지막으로 두 분에게 미술 배경이란 일의 매력은 무엇인가요?

야마모토 나는 자연의 태연한 질감을 그릴 때 아주 즐겁습니다. 『모노노케히메』에서 어두운 물밑에 빛이 살며시 들어오는 그림을 그렸는데 바닥의 부드러운 흙의 푹 빠지는 질감을 표현했을 때 정말 기뻤죠. 그리고는 역시 영화관에서 관객들이 감동하는 게 느껴지면 좋은 작품을 만들었다는 생각에 만족하게 됩니다. 노력한 만큼 제대로 돌아오는 점이 매력이죠.

다키구치 기술적인 부분도 물론 중요하지만 나는 굳이 말하자면 작품의 내용을 곱씹어 그것을 어떻게 미술 배경에 반영시킬지를 생각할 때 제일 좋습니다. 미술이란 정말 여러 가지를 그려야 하는데 바람에서 바닷냄새를 느끼는 등 오감을 완벽하게 활용할 필요가 있습니다. 관찰력과 생활 감각이 있는지가 의외로 중요합니다. 다양한 것을 느껴야만 하는데 바로 그런 점이 재미있습니다.

취재와 글. 고토 요시히로(C-Garden)

야마모토 니조

YAMAMOTO NIZO

1953년생. 나가사키 현 출신. TV 애니메이션 『미래소년 코난』(1978)으로 첫 미술감독을 맡았다. 이후 극장 애니메이션 『쟈린코 치에』(1981) 『천공의 성 라퓨타』(1986) 『반딧불이의 묘』(1988) 『모노노케히메』(1997) 『시간을 달리는 소녀』(2006) 등의 미술감독으로 수많은 명작에 참여했다. 2018년에는 고향인 고토 시에 「야마모토 니조 미술관」이 오픈했다. 현재도 미술 스튜디오 가이에이샤의 대표로 계속 활동하고 있으며 신카이 마코토 감독 작품에는 『날씨의 아이』가 첫 참가 작품이다.

와타나베 다스쿠

미술감독 보좌

'이렇게 멋진 곳에 가보고 싶다'라는 마음이 들었다면

— 이 작품에 참가하게 된 경위를 말씀해주세요.

미술감독인 다키구치 씨가 "미술 설정을 부탁할 수 없을까?"라는 말을 하셔서 2017년 11월쯤에 참여했습니다. 미술 설정이 끝난 뒤로는 미술 스태프에게 미술 배경을 의뢰하기 위한 원화(배경을 그리기 위한 지시를 넣은 밑그림)를 정리하는 미술감독 보좌 일을 무로오카 씨와 같이 맡았습니다.

— 미술 설정은 어떤 일입니까.

극 속에 등장하는 모든 무대를 감독 혼자 생각하기는 힘드니까 감독이 준 그림 콘티를 바탕으로 상상을 키워 상세한 무대를 설계하고 설정 그림으로 확정하는 역할입니다.

일테면 어떤 방이 무대라면 '선반에 이런 소품이 놓여 있다'라거나 '냄비는 이런 행태로 해달라'라거나 무대의 상세한 설정이죠. 건물의 설계도 같은 느낌으로 방이나 가구를 3D 모델로 짜서 장식이나 식물을 그려 넣어 만듭니다. 이 미술 설정을 바탕으로 레이아웃을 작성하니까 각 스태프에게 "이런 무대가 됩니다"라고 명확하게 이미지를 전달하기 위한 참고 자료가 됩니다.

— 담당하신 미술 설정은 어떤 장면입니까?

처음으로 다키구치 씨에게 의뢰받은 것은 호다카가 거주지로 삼는 인터넷카페였습니다. 다음은 점집과 서서 먹는 소바집, 긴자 카페, 러브호텔, 스가의 사무소를 담당했습니다.

— 마음에 들었던 미술 설정은 뭡니까?

점집입니다. 보통 가지 않는 곳이라 어려웠는데 쇼핑몰이나 백화점 같은 곳에 파티션으로 가려놓은 장소를 떠올렸죠. 파워스톤이나 수정 등 소품 하나하나는 자료와 영상을 긁어모아 보며 상당히 고민해 만들었습니다. 너무 오리지널리티가 나온 게 아닌가 싶지만 가장 인상에 남습니다. 다음으로는 러브호텔입니다. 냉장고는 감독의 그림 콘티에서는 내부가 두 칸으로 나뉘어 있었는데 실제 크기를 생각하면 크기 면에서 세 칸이 자연스러워 그렇게 만들어 제안한 결과 감독이 이 장면에서 보여주고 싶은 그림과는 달랐던 듯 결국에는 두 칸으로 수정했습니다. 세 칸으로 하면 화면 정보가 너무 많아 지저분해 보이지 않을까 해서. 감독의 의도를 제대로 이해하고 설정에 넣어야 하는 게 얼마나 중요한지 실감했습니다.

— 완성한 작품을 보고 어떤 느낌이 들었나요?

역시 캐릭터가 움직임으로써 공간이 생기거나 잔디로 배경을 활용해주신 게 기뻤습니다. 그리고 촬영 스태프의 기술이 들어감에 따라 공간의 거리감이나 분위기가 더 드러나더군요. 신카이 감독의 작품은 빛과 그림자의 사용이 인상적인데 미술만으로는 그런 파워를 낼 수 없으므로 모든 스태프가 하나가 되어 만든 영상이죠. 작품은 보시는 분들이 '이런 멋진 곳에 가보고 싶다'라는 마음이 된다면 좋겠습니다.

취재와 글. 고토 요시히로(C-Garden)

와타나베 다스쿠

WATANABE TASUKU

1983년생. 사이타마 현 출신. 도쿄조형대학 디자인학과 재학 중에 신카이 마코토 감독 작품 『구름의 저편, 약속의 장소』에 참여. 그 후 『초속 5센티미터』 『별을 쫓는 아이』 『언어의 정원』 등 수많은 작품에서 미술 배경을 담당했다. Z회의 광고 『크로스로드』 『너의 이름은.』에서는 미술감독을 맡았다.

무로오카 유나

미술감독 보좌

신카이 감독과 다키구치 씨의 연출 방침을 이해해 지시하는, 책임이 무거운 일이었습니다.

— 미술감독 보좌에 취임한 경위를 알려주십시오.

처음에는 그냥 미술 배경으로 참가했어요. 2019년 3월쯤, 신카이 감독과 다키구치 씨에게 제가 그린 컷을 점검받으러 갔는데 갑자기 감독이 "잘 부탁해"라고 말해서……. 그때는 '무슨 소리지?'라고 생각했는데 미술감독 보좌가 되었죠(웃음).

— 정말 갑작스러운 발탁이네요! 미술감독 보좌 일은 어떤 것이었습니까?

주로 배경을 그릴 때 기초가 되는 원화의 정리와 지시입니다. 시간도 한정되어 있었으니까 리테이크 작업도 줄이기 위해서라도 색이나 분위기를 쉽게 파악할 수 있도록 지시하려고 주의를 기울입니다.

작화 스태프가 작성한 손 그림 원화와 다키구치 씨와 와타나베 씨가 만든 3D CG 모델을 원화로 출력한 것을 보고 소품이나 색감, 광원 등의 지시를 덧붙입니다. 장면에 따라서는 로케이션 헌팅 사진을 콜라주처럼 붙이기도 합니다. 하늘을 그리기 위한 지시는 스스로 러프 그림을 그릴 때도 있습니다. 신카이 감독과 다키구치 씨의 연출 방침을 제대로 이해해 지시할 필요가 있기에 책임이 무거운 일이었습니다. 전부 390컷 정도를 담당했습니다.

— 원화 지시가 어려웠던 장면이 있나요?

불꽃놀이 장면이 가장 힘들었습니다. 쏘아 올린 불꽃놀이 속을 드론이 날아다니며 촬영한 듯한 다이내믹한 장면인데 처음 V(비디오) 콘티를 봤을 때 '이렇게 힘든 장면을 누가 할까?'라고 생각했는데 제가 하게 된다는 걸 알고는 "하하하!"라고 헛웃음만 나왔죠. 이 컷은 배경을 3D CG 담당자가 움직이게 하므로 원화는 3D CG 스태프가 작성해주고 여기에 색과 조명 위치 등의 지시를 넣어 자료와 함께 미술 스태프에게 건넸습니다. 공중 촬영 로케이션 헌팅으로 찍은 영상과 사진, Google Earth Studio 등이 자료로 아주 유용했습니다. 극 속의 모든 컷이 마찬가지겠지만 이 컷은 특히 3D CG나 VFX, 촬영 스태프, 각 공정 담당자 등이 매우 고생 끝에 모색한 겁니다. 완성하고 가장 안심했던 컷이기도 합니다.

— 이 작품의 미술은 어떤 특징이 있나요?

다키구치 씨가 처음으로 그린 미술 보드가 있는데(210페이지 참조) 원하는 이미지가 분명하더군요. 얼핏 보면 사진 같은 배경인데 그림과 같은 묘사법도 들어가 있습니다. 이 밀도는 좀 엄청나다 싶었죠. 여기에 수준을 맞추겠다는 고집에 놀랐습니다. 비로 어두운 인상인 컷이 많은데 지나치게 밝기가 떨어지지 않도록 명도에 신경 쓰며 그렸습니다.

— 완성한 영화를 처음 봤을 때의 감성을 알려주세요.

모든 작업이 끝났구나……우선은 그런 느낌이 들었죠. 제작 중에는 온통 그 생각뿐이었던 터라 완성했다는 안도감이 무엇보다 컸습니다. 내가 그린 미술, 보좌로 관여했던 컷이 촬영 과정에서 움직임이 더해지기도 하고, 수면이 움직이거나 흐렸던 장소가 갑자기 맑아지거나, 이렇게 되다니! 멋지다! 굉장해! 그렇게 감동하면서 봤습니다. 정말 많은 분이 최선을 다한 끝에……이와 같은 작품은 다시 만들어지지 않겠구나 생각했습니다.

취재와 글. 고토 요시히로(C-Garden)

무로오카 유나

MUROOKA YUUNA

1994년 3월생. 가나가와 현 가나가와 시 출신. 다마미술대학 조형표현학부 조형학과에서 일본화를 전공했다. 졸업 후 코믹스 웹 필름에 미술 스태프로 입사. 주요 참가 작품으로 『너의 이름은.』(셀 하모니, 미술 배경), 『우리의 계절은』(미술 배경) 등이 있다.

『天気の子』美術スタッフ

『날씨의 아이』미술 스태프

美術監督	滝口比呂志			
美術監督補佐	渡邉丞 室岡侑奈			
美術設定	滝口比呂志	渡邉丞	瀧野薫	

美術背景

友澤優帆	小原まりこ	室岡侑奈	王彦皓	桑原琴美
小林海聖	樋口万祐	島田美菜子	吉岡誠子	藤井王之王
廣澤晃	丹治匠	馬島亮子	瀧野薫	泉谷かおり
宇佐美レオナルド健	知本祐太	上田瑞香	中村瑛利子	中島健太
中島理	後藤俊彦	船隠雄貴	斉藤未来	秋竹千恵
本田敏恵	本田小百合	山田将之	渡邉丞	

池田真依子	Nguyen Quoc	小倉一男	春日美波	金井眞悟
横山淳史	栗林大貴	田島裕	海野有希	大川千裕
平田浩章	伊藤政仁	小佐野詢	権瓶岳斗	中村広志
山本練正	上遠野祥子	丹羽一希	齋藤緋沙子	風戸亜希子
黒澤成江	林竜太	金廷連	岡田健	石田知佳
赤木寿子	仲村謙	貴志泰臣	金子雄司	皆谷透
高大浩	朝見知弥	門田政人	坂上裕文	後藤千尋
バイスターシンガ	渡辺久美子	岡山優美	加藤浩	増山修
木下晋輔	大久保錦一	福留嘉一	髙松洋平	中村聡子
石井弓	里見篤	合六弘	袈裟丸絵美	春野桜
鹿野良行	井上慎太郎	真喜屋実義	村田裕斗	中村沙和子
林鴻生	山子泰弘	村本奈津江	石田杏里	金森たみ子
松沢有紗	新田博史	宮本実生	宮本惟生	小田島平計

菅田峰晃　稲森惟

Thanh Nguyen Ngoc	Sang Nguyen Quang	Anh Nguyen Tram	Attachai Boonsamai
Hoang Nguyen Ngoc	Quan Pham	Thinh Pham	Huynh Nguyen Tan
Hoa Nguyen Thai	Rungrat Khankaew	Trang Phan Diem	Trinh Pham Ngoc Tu
Xuan Le Ngoc	Trung Nguyen Thanh	Anh Nguyen Viet	Hoa Nguyen Thi Thu
Phuoc Bui Minh	Vy Truong Thi Tuong	Vy Tran Hoang Bao	Thanh Cuc
Thao Nguyen	Hoang Long	Minh Trieu	Ngoc Xuan
Khac Trung	Tra Giang	Anh Thu	Nhu Thao
Thi Nguyet	Ngoc Tho	Thu Yen	Phu Nguyen
Phong Nguyen	Bao Huong	Quyen Duong Do	Tue Tong Tat
Trang Vu Ha	Ng Han Yau	Ya Karl He	Lim Chin Yang
Chew Song Kee	Brendy Koh Hooi Tim	Kang Seung Chan	Yeo Byung Chul
Kim Min Hee	Seo Hyo Joo	Kim Kyung Su	Kim Gyeong Sun

気象神社絵画・天井画　山本二三

草薙 / Creative Freaks / クリープ / アトリエローク07 / 青写真 / ととにゃん / でほぎゃらりー / ムーンフラワー / オレンジ / 絵夢 / マカリア / テレコム・アニメーションフィルム / インスパイアード / ムクオスタジオ / スタジオ・ルーファス / NAM HAI ART / CG-Art / パンチ・エンターテインメント・ベトナム / セフォラ デザイン ハウス / STUDIO NOVA / スタジオ雲雀 / E-GHO / Mabus

신카이 마코토 감독 작품 『날씨의 아이』 미술화집

2020년 7월 23일 1판 1쇄 인쇄
2021년 7월 6일 1판 2쇄 발행

감독 Makoto Shinkai
미술감독 Hiroshi Takiguchi

협력
Tasuku Watanabe
Yuna Murooka

Yuho Tomozawa
Mariko Obara
Yanhao Wang
Kotomi Kuwabara
Kaisei Kobayashi
Mayu Higuchi
Onoo Fujii
Akira Hirosawa
Kaoru Takino
Akiko Majima
Momo Ito

Nizo Yamamoto

감수
Ryoji Tanaka(TOHO)
Mirai Kase(STORY)

Airi Ichikawa(CoMix Wave Films)
Yuta Hori(CoMix Wave Films)
Chiharu Ochiai(CoMix Wave Films)
Akiko Matsuya(CoMix Wave Films)
Ryo Ikeda(CoMix Wave Films)

북디자인 Kisuke Ohta(BALCOLONY,)
프린팅 디렉션 Hiroyuki Takano(DNP Media Art)
편집 Junichi Sekiguchi
편집협력·취재 Yoshihiro Goto(C-garden)
취재 Ryota Fujitsu

옮긴이 민경욱

발행인 황민호
본부장 박정훈
마케팅 조안나 이유진 이수정
국제판권 이주은 김준혜

제작 심상운 최택순 성시원
발행처 대원씨아이㈜
주소 서울특별시 용산구 한강대로15길 9-12
전화 (02)2071-2018
팩스 (02)749-2105
등록 제3-563호
등록일자 1992년 5월 11일

ISBN 979-11-362-3786-6 03830

Makoto Shinkai Weathering With You Art Book
©2019 TOHO CO., LTD. / CoMix Wave Films Inc. /
STORY inc. / KADOKAWA CORPORATION / JR East
Japan Marketing & Communications, Inc. / voque ting
co., ltd. / Lawson Entertainment, Inc.
First published in Japan in 2020 by KADOKAWA
CORPORATION, Tokyo. Korean translation rights
arranged with KADOKAWA CORPORATION, Tokyo.